秦少游诗精品

《秦少游诗词文精品》丛书

主编 程郁缀 朱惠国

黄思维 ◎ 编注

华东师范大学出版社

目录

总序 1
前言 1

熙宁年间 1
过六合水亭怀裴博士次韵三首（其一）次莘老韵 1
落日马上 3
田居四首 4
怀李公择学士 12

元丰年间 14
还自广陵四首 14
睡足轩二首 17
秋兴九首（选三首） 20
   拟李贺 20
   拟玉川子 21
   拟杜牧之 22
别子瞻学士 25
泗洲东城晚望 29
泊吴兴西观音院 31

同子瞻端午日游诸寺分韵赋得深字	34
游鉴湖	37
荷花	40
雪上感怀	43
别贾耘老	45
次韵参寥见别	49
次韵子由召伯埭见别三首	50
次韵子由题平山堂 广陵五题	53
和黄法曹忆建溪梅花	55
次韵酬徐仲车见寄	58
题东坡墨竹图	60
辇下春晴	62
金山晚眺	64
中秋口号	66
送乔希圣	68
客有传朝议欲以子瞻使高丽大臣有惜其去者白罢之作诗以纪其事 与莘老同赋	71
题杨康功醉道士石	74
次韵邢敦夫秋怀十首(其一、其三、其十) 以微云淡河汉疏雨滴梧桐为韵	78
寄张文潜右史	82
春日杂兴十首(其一、其四、其十)	85
秋日三首	94
幽眠	98
寄曾逢原	101
元祐年间	104
拟郡学试东风解冻	104

送张叔和兼简鲁直	107
题骡裹图	111
次韵裴仲谟和何先辈二首(其二)	114
赠女冠畅师	116
觌觏二弟作小室请书鲁直名曰寄寂作	
此寄之用孙子实韵	119
次韵答张文潜病中见寄	122
春日五首(其一、其二、其四)	126
题赵团练画江干晚景四绝	131
次韵酬陈传道	135
寄少仪弟	137
送少章弟赴仁和主簿	139
送李端叔从辟中山	143
次韵答米元章	146
寄陈季常	148
绍圣年间	153
赴杭倅至汴上作	153
处州水南庵二首	155
处州闲题	157
留别平阇黎	159
题法海平阇黎	160
题郴阳道中一古寺壁二绝	162
元符年间	165
题浯溪中兴颂	165
漫郎 分韵得桃字	171
宁浦书事六首	176
反初	181

雷阳书事三首	185
海康书事十首(其一、其三、其五)	189
陨星石	194
自作挽词	196
未编年	201
司马迁　分韵得鏊字	201
怀孙子实	205
九月八日夜大风雨寄王定国	207

总序

承程郁缀教授、朱惠国教授青睐,以为余研治秦观有年,在他们主编的《秦少游诗词文精品》即将付梓之时,嘱写一篇序言。两先生分别来自北京大学、华东师范大学两所名校,在学术界颇负盛名,自前年开始,接任全国秦少游学术研究会正副会长,颇想有所作为。《秦少游诗词文精品》一套小丛书便是在两位先生的倡议和主编下的一项成果。盛情难却,余不揣谫陋,以衰朽之年,笨拙之笔,勉成此文,介绍秦观的生平、思想与创作,庶几可供读者做一些参考。

秦观,字少游,一字太虚,别号淮海居士,扬州高邮(今属江苏)人。生于宋仁宗皇祐元年(1049),卒于宋徽宗元符三年(1100)。他是我国宋代文学的杰出作家,多才多艺,在诗词文赋方面均有重要成就。现存《淮海集》四十卷、《后集》六卷、《淮海居士长短句》三卷,为其思想和艺术的结晶。

秦观出生在高邮东乡(今三垛乡)一个耕读之家,青少年时期,慷慨豪隽,强志盛气,十分仰慕郭子仪、杜牧的为人,立志杀敌疆场、收复故土。一时愿望难以实现,便度过一段漫游生活。三十岁前后,曾到历阳(今安徽和县)、徐州(今属江苏)、会稽(今浙江绍兴)省亲访友,探古揽胜。家居期间,时而"杜门却扫,日以文史自娱;时复扁舟循邗沟而南,以适广陵"(1);有时也会寄迹青楼,并以其词作"酬妙舞轻歌"(2)。秦观于神宗元丰八年(1085),中进士,先除定海主簿,未赴任,寻授蔡州教授。这一年神宗去世,哲宗继位。翌年改元元祐,主张变法的新党代表人物王安石不久也病故,国家政局发生重大变化。由于哲宗年幼,朝中大政一切听命于高太后。司马光、吕公著等旧派人物得以重用。元祐二年(1087),苏轼以"贤良方正"向朝廷推荐秦观,不幸为忌者所中,只得引疾回到蔡州。直到元祐五年五月,才以范纯仁之荐,被召到京师,除太学博士,秘书省校对黄本书籍。元祐六年迁正字,但在洛蜀两党的斗争中,依附蜀党的秦观遭到洛党贾易的攻击,以行为"不检"罢去正字。过了二年,方始迁为国史院编修,授宣德郎。汴京三年,是秦观一生中最为得意的时期。他和黄庭坚、张耒、晁补之同游苏轼之门,人称"苏门四学士",而苏轼"于四学士中最善少游",对他的文章"未尝不极口称善"(3)。

高太后去世,政局又变。绍圣元年(1094),哲宗亲政,新党重新上台,旧党纷纷遭到打击。苏轼先贬惠州(今属广东),再贬琼州(今属海南)。秦观也因"影附"苏轼而出为杭州通判,又因御史刘拯告他增损《神宗实录》,道贬处州,任监酒税的微职。绍圣三年(1096),又以写佛书被罪,贬至郴州(今属湖南)。在郴州住了一年,奉诏编管横州(今广西横县),次年又自横州徙雷州(今广东海康)。在"南土四时尽热,愁人日夜俱长"(4)的境遇中,他预感到生命不会长久,便为自己写了挽词。元符三年

(1100)五月,新接位的徽宗下了一道赦令,苏轼自海南量移廉州,途经海康,和他见了一面。随即他自己也被放还。当年八月十二日,醉卧藤州(今广西藤县)光华亭上,溘然长逝。终年五十二岁。秦观一生事迹已被编入拙著《秦少游年谱长编》,此处不再详细展开。

秦观与苏轼一样,一生起伏均与北宋的党争有关。神宗熙宁间王安石变法,动机不可谓不好,然而旧党人物如文彦博、富弼、司马光、吕公著、孙觉、李常以及苏轼等对此均持不同政见,纷纷予以反对。而且新法在执行中,又暴露出不少弊端,并出现了一些以权谋私的官吏,于是没有多久就趋于失败。王安石变法时,秦观才二十二岁,尚居家读书,未及参预政治。他仅是在元丰初所写的《田居四首》诗中涉及青苗法、市易法等推行后的影响,如云:"倒筒备青钱,盐茗恐垂橐。明日输绢租,邻儿入城郭。""辛勤稼穑事,恻怆田畴语。得谷不敢储,催科吏旁午。"虽是批评,语气比较温和,同苏轼"新法清平那有此,老身穷苦自招渠"[5]、"岂是闻韶解忘味,迩来三月食无盐"[6]相比,自是不可同日而语。到了元丰七年,王安石新政失败,退居金陵半山,东坡自黄州量移汝州,遂捐弃前嫌,前往探望。离开后,东坡又写信向王安石推荐秦观,王安石热情地回了信,说:"公奇秦君,口之而不置。我得其诗,手之而不释。"[7]可见他们当时已消除了党争成见,言归于好。但秦观对王安石新法并不完全排斥,元祐三年应制科所上的策论,既不反对新党的免役法,也不反对旧党的差役法,而是建议"悉取二法之可用于今者,别为一书,谓之元祐役法"[8]。唯有科举法的改革(神宗熙宁四年从王安石议,罢诗赋,停制科,专以经义、论、策取士),触及了秦观的个人利益,常常引起他的不满。如《次韵邢敦夫秋怀十首》之九云:"祖宗举贤良,充赋多名儒。执事恶言者,此科为之无。"他在元丰中为了应举,不得不学习王安石所制定的《三经新义》,每每牢骚满腹。这时的思想,颇与苏轼《答张文潜县丞书》所说的"王氏欲以其学同天下……弥望皆黄茅白苇,此则王氏之同也"相似。

在秦观的文章中,有一篇《李公择行状》骂王安石极为厉害,如云:"是时,王荆公辅政,始作新法,谏官御史论不合者,辄斥去。……时荆公之子雱与温陵吕惠卿,皆与闻国论。凡朝廷之事,三人者参然后得行。公言陛下与大臣议某事,安石不可则移而不行;安石造膝议某事,安石承诏颁焉,吕惠卿献疑则反之。诏用某人,安石、惠卿之所可,雱不说则又罢之。孔子曰:'禄去公室'、'政在大夫'、'陪臣执国命',今皆不似之耶?"也就是说彼时三人小集团把持朝政,而吕惠卿舆王雱反而凌驾于作为宰相的王安石之上。

元祐二年,旧党分裂。是时吕公著为相,群臣以类相从,遂有洛党、蜀党、朔党之说。洛党以程颐为首,蜀党以苏轼为首,朔党以刘挚、梁焘等为首。新党人物大都在野,他们冷眼旁观,伺机报复。秦观当然站在他的老师苏轼一边。因此便成了洛党攻击的靶子。元祐三年,秦观应制科(即贤良方正能言极谏科),所上策论中有《朋党》上下篇,其中不少议论为党争而发。他要求皇帝"不务嫉朋党,务辨邪正而已"。言外之意,便是影射洛党为邪党,而蜀党为正党。于是他便遭到洛党的攻讦,与黄庭坚、王巩一起,皆被"诬以过恶"[9],落第而归。元祐七年七月,秦观由秘书省校对黄本书籍迁正字。此时洛党的朱光庭、贾易转而投靠以宰相刘挚为首的朔党以干进。贾易率先上了一章,"诋观不检之罪"[10],又弹劾苏辙"阴使秦观、王巩往来奔走,道达音旨,出力以逐许将"[11]。于是秦观为正字二月而罢。可见在洛蜀之争中,秦观被卷入很深,所受的打击也很惨。

绍圣元年(1094),哲宗亲政,倡言绍述,起用新党,旧党中任何一派皆被斥逐。此时秦观也被逐出京,名列元祐党人碑"余官"之首,最后卒于藤州。秦观的前途和生命,就在惨烈的党争中葬送了。

在政治思想上,秦观也和苏轼一样,同时受到儒释道三家的影响,比较复杂。他自小学习《论语》、《孟子》,后来迫于应举求禄仕,又习王安石所制定的《三经新义》。因此儒家思想成了他的基本思想。另外,家庭信佛,对他也有影响。他说:"余家既世崇佛氏"[12];"蹇吾妙龄,志于幽玄"[13]。元丰七年,苏轼荐秦观于王安石,说他"通晓佛书",王安石答书也说"又闻秦君尝学至言妙道"。可见早在青少年时期,他就比较全面地接受儒佛道三方面的教育。

儒家思想积极的一面是"齐家治国平天下",少游大半生似以这一思想为指导。他曾说:"往吾少时,如杜牧之强志盛气,好大而见奇,读兵家书乃与意合,谓功誉可立致,而天下无难事。顾今二虏有可胜之势,愿效至计,以行天诛,回幽夏之故墟,吊唐晋之遗人,流声无穷,为计不朽,岂不伟哉!于是字以太虚,以导吾志。"[14]又说:"今吾年至而虑易,不待蹈险而悔及之。愿还四方之事,归老邑里如马少游,于是字以少游,以识吾过。"[15]这种"或进以经世,或退以存身"[16]的思想,是与儒家"穷则独善其身,达则兼济天下"的教义相一致的。在伦理方面,他也与儒家的观点相似,如说"子之事父,其生也养志为大,养口体次之"[17]养志之说,就是从《孟子·离娄》篇而来的。秦观在这里是要哲宗以儒家的"孝"来治天下,希望他继承神宗遗志,"图任元老,眷礼名儒",实际上是为"元祐更化"制造舆论。

但是秦观的儒家思想并不是纯粹的,他与当时程颢、程颐所提倡的"理学"大相径庭。二程认为"天者理也","只心便是天,尽之便知性",而"不可外求"。他们还提倡为学以"识仁"为主,认为"仁者浑然与物同体,义礼知信皆仁也",识得此理,便须"以诚敬存之"[18]。秦观填了一首《水龙吟》词赠给蔡州营妓娄琬,程颐读了其中"天还知道,和天也瘦"二句,大为反感,乃曰:"高高在上,岂可以此渎上帝!"[19]程颐还宣称:"某素不作诗,亦非是禁止不作,但不欲为此闲言语。"[20]

由此可见洛蜀之争,不仅在政治上有分歧,在哲学乃至文艺思想上也颇有差异。为此,秦观在《春日杂兴》诗之十中剀切陈词:"扬马操宏纲,韩柳激颓浪。建安妙讴吟,风概亦超放。……儿曹独何事,诋斥几覆酱。原心良自诬,猥欲私所尚。螳螂拒飞辙,精卫填冥涨。呫呫徒尔为,东海固无恙。"事实证明,同属儒学,却有不同的学派,他们相互之间,也时常引起斗争。

秦观所崇尚的儒学,在不少地方还融入了道家思想和佛家学说。他那占了整整一卷篇幅的长篇哲学论文《浩气传》便是这方面的代表。此文从孟子的"吾善养吾浩然之气"出发,融合了《庄子》、《列子》、《抱朴子》、《黄帝内经》,由儒及道,纵横捭阖,反复论证,表现出精深的哲学思辨。如云:"元气为物至矣!其在阳也,成象而为天;其在阴也,成形而为地……况于人乎?"将气与阴阳天地乃至人性结合起来,这当然不仅是儒家思想。固然与《周易·系辞》上说过的"在天成象,在地成形,变化见矣"相似。而《列子·天瑞》篇也曾说过:"太初者,气之始也;太始者,形之始也……清轻者上为天,浊重者下为地。"《庄子·知北游》则将气联系到人,说:"人之生,气之聚也。"《抱朴子·至理》篇也说:"人生气中,气在人中。"《黄帝内经·素问》说得更明确:"人以天地之气生……天地合气,命之曰人。"少游的《圣人继天测灵论》谈道德,讲体用,也是融老、庄、易学于一炉。他的《变化论》《君子终日乾乾论》,则着重阐释义理。他的《心说》,认为"心"与道家的玄虚之说是一致的:"夫虚空之于心,犹一心之于天。"这两句乃是用佛家之说。《景德传灯录》卷五信州智常禅师云:"于中夜独入方丈,礼拜哀请大通(和尚),乃曰:'汝见虚空否?'对曰:'见。'彼曰:'汝见虚空有相貌否?'对曰:'虚空无形,有何相貌?'彼曰:'汝之本性犹如虚空,返观自性,了无一物,可见是名正。见无一物,可见是名真。……但见本源清净,觉体圆明,即名见性成佛,亦名极乐世界。'"《心说》中所说的"虚心",则本诸《庄子·人间世》:"虚者,心斋也。""有心者累物",则本诸《庄子·刻意》:"故曰圣人之生也天行,其死也物化……无物累,无人非。"可见少游以儒学为本,旁通释老,他所论的"心",与禅宗万物皆空、一切本无、以心为本之思想有一定联系,与庄子学说也息息相通。由此可见,少游之说掺杂了佛老之学,体现了宋儒思想不同于其他时期的某些特征。

儒释道思想虽贯穿于少游的一生,然视境遇变迁而显得轻重各异、主次不同。一般在他仕途顺利时,儒家积极入世的思想就比较重,居于主要地位。而一旦遭到挫折,他就借助佛老,遁入虚无,以求精神解脱。例如他在政治上受到打击后,就作《自警》诗云:"莫嫌天地少含弘,自是人生多褊窄。争名竞利走如狂,复被利名生怨隙。"他为自己找寻了一条出路:"从兹俗态两相忘,笑指青山归未得。"绍圣元年坐党祸贬监处州酒税时,他以念经礼忏、抄写佛书为乐。元符元年在谪居雷州时度五十岁生日,作《反初》诗以自慰,表示"心将虚无合,身与元气并。陟降三境中,高真相送迎"。此时,他似乎是一个道家信奉者的形象了。

秦观的创作根据其生活历程,大致可以分为前、中、后三个时期:

从熙宁二年(1069)作《浮山堰赋》始,至元丰八年(1085)止,是秦观创作的前期。其间除了两度漫游、三次应举之外,基本上是在高邮家中学习时文以备应举。两度漫游:一度是熙宁九年(1076)与孙莘老、参寥子同游历阳(今安徽和县)之汤泉,得诗三十首、赋一篇(见《游汤泉记》);一度是元丰二年(1079)春搭乘苏轼调任湖州的便船南下,省大父承议公及叔父秦定于会稽,郡守程公辟馆之于蓬莱阁,从游八月,酬唱百篇(21)。此外,他还常到离家不远的扬州和楚州,有诗投赠扬州守鲜于侁和吕公著,并与楚州教授徐积相酬唱。三次应举分别为元丰元年、五年和八年。前两次均未考中,均有诗词反映落第心情,记录了往返京师的行迹。著名的《满庭芳(山抹微云)》词,就是将仕途失意的"身世之感打并入艳情"。其间有《对淮南诏狱二首》,究竟为何陷入诏狱,现在还没有足够的史料可资考证。总之,这一时期的纪游之作占绝大多数,可称少游创作上的发轫时期。

秦观创作的中期是从元丰八年(1085)考中进士开始至绍圣元年(1094)止。元丰八年三月神宗逝世,哲宗继位,高太后垂帘听政,斥逐新党,起用旧臣司马光、吕公著为相,接着实行"元祐更化",逐渐废除熙丰新法。少游的创作与整个元祐时期相适应。元祐元年(1086)他为蔡州教授,三年,以苏轼、鲜于侁荐,进策论五十篇,应贤良方正能直言极谏科试。时洛蜀党争起,少游被洛党"诬以过恶",遂引疾归汝南。五年五月,复由范纯仁、蔡肇荐,自蔡州入京都,为太学博士,秘书省校对黄本书籍,历秘书省正字,官至国史院编修。在京四年,诗人政治上曾两次遭受打击,一次是上面所说的举贤良不中,一次是元祐六年(1091)七月迁正字仅两月,又因洛党弹劾而罢。这两次打击他并未直接发之于吟咏,仅在某些篇章中作了曲折的反映。这一时期篇章相当丰富,内容也较复杂,同前期相比,除模山范水之外,增加了对时局的关心,如《次韵邢敦夫秋怀十首》之五,表示同意司马光割弃熙河与夏人的主张;而在《送蒋颖叔帅熙河二首》之二中,又说:"要须尽取熙河地,打鼓梁州看上元。"对契丹与高丽,也曾发表己见。政见虽因时而异,但其爱国思想却是贯彻始终的。这一时期写了为数甚多的政论文,也为歌楼舞榭填了不少词,内容多为艳情,然不失品格,可说这是他创作上的丰收时期和发展时期。

从绍圣元年(1094)三月被逐出京,至元符三年(1100)赦归,是秦观创作的后期。这一时期长达七年,按理作品应该较多,但除词之外,人们钩沉辑佚,仅得诗五十七首。如从元符元年过岭后计算,仅存诗三十三首,散文则仅存数篇。这主要是因为作者身处放逐之中,一方面有使者承风望旨,没有创作自由;一方面是贬所不断变更,即使有所创作,也容易散失。尽管这个时期流传下来的作品不多,但无论在抒情的深度上和艺术技巧上,都远远超过以前两个时期。这首先表现在词作中,贬谪之初,他就以《望海潮(梅英疏淡)》、《风流子》、《江城子(西城杨柳弄春柔)》抒写了不幸的预感;既谪之后,又以《千秋岁》、《踏莎行》、《如梦令(遥夜沉沉如水)》、《阮郎归》其三、其四以及《好事近》等,倾诉迁谪之恨。他的《千秋岁》曾引起苏轼、黄庭坚、孔仲平、李之仪、王之道、丘崈、释惠洪等的共鸣,纷纷次韵,形成一股范围很大的波澜,在词史上形成一个贬谪词创作的高潮。此时少游所作的《雷阳书事三首》《海康书事十首》,以质朴的语言反映了自己谪居岭南的生活和思想,还勾勒了这一地区的风俗画,诗风为之一变。因此不妨说,这一时期标志着他创作上的成熟。

以上三个时期的划分,只能是一个大概。若细加研讨,每一时期还可分为若干阶段,如中期便可分为蔡州阶段和汴京阶段,这里就不暇细说了,留待读者详审作品。

秦观历来以词著称,其词清丽淡雅,韵味醇厚,且能将身世之感打并入艳情,向来被视为婉约词的正宗。对于少游词的成就,大家耳熟能详,此处不再展开。其实除了词之外,秦观在诗文方面也取得较高成就。只可惜长期为词名所掩,少为人知。所以明人胡应麟就说:"秦少游当时自以诗文重,今被乐府家推作渠帅,世遂寡称。"(22)现在应该还他以本来面目。

人们谈到秦观诗,多称其七言绝句,如《春日五首》《秋日三首》。《雪浪斋日记》就曾说"海棠花发麝香眠","诗甚丽";元好问《论诗绝句》评《春日》诗其二则云:"有情芍药含春泪,无力蔷薇卧晓枝。拈出退之山石句,始知渠是女郎诗。"此意当沿袭南宋敖陶孙《臞翁诗评》"秦少游诗如时女步春,终伤婉弱"之观点,不过经他形象化的描述,女郎诗二语,遂成千古定谳。其实文艺作品应该呈现多种风格,既有阳刚之美,也应有阴柔之美;既有东坡的"丈夫诗",也应有少游的"女郎诗",这样才会造成百花齐放的繁荣景象。其实少游诗何止七绝一种体裁,又何止"女郎诗"一种风格。他的五古和七古早就受人激赏。王安石答东坡书称其诗云:"清新妩丽,鲍谢似之。"元丰三年吕公著知扬州,他以《春日杂兴》之一投卷,吕本中举其中"雨砌堕危芳,风轩纳飞絮"二句,引李公择之语评曰:虽"谢家兄弟(得意)之作不能过"[23]也。说明他的诗已超过南朝谢灵运和谢惠连。苏轼读了他的《和黄法曹忆建溪梅花》诗,更和诗赞之曰:"西湖处士骨应槁,只有此诗君压倒。"[24]以为压倒林逋的名作《山园小梅》,容或过誉,然此诗咏梅,务在神似,不能不是一大特点。至于少游过岭后所写的诗,吕本中已称其"严重高古,自成一家",这里就不再复述了。

前人对少游之文,评价也很高。东坡就曾说:"秦观自少年从臣学文,词采绚发,议论锋起。"[25] 黄庭坚也说:"少游五十策,其言明且清。笔墨深关键,开阖见日星。"[26] 少游的策论,不但论事说理,切中时弊,而且行文流畅,清新可诵。同当时一些刻版式的策论相比,自然高出一筹。但是严格说来,少游的策论受东坡影响较大,尚欠个人风格。其原因之一便是这些策论大都是在东坡指导或影响下写成的。元丰三年,苏辙贬往筠州,少游托他将所写的策论《奇兵》及《盗贼》带给贬居黄州的苏轼,轼答书云:"似此得数十首,皆卓然有可用之实者,不须及时事也。"以后少游即依此原则撰写其他策论。原因之二是有些地方沿袭了东坡的观点。如策论《序篇》云:"臣闻春则仓庚鸣,夏则蝼蝈鸣,秋则寒蝉鸣,冬则雉鸣。"表面是用《礼记·月令》,实则受到东坡《李端叔书》"譬之候虫时鸟,自鸣自已,何足为损益"的启迪,而此书是在元丰三年托他转交的,不可能没有看到。又如《韩愈论》称韩文杜诗为"集大成",人们多以为是少游创见,其实也是东坡的观点,见陈师道《后山诗话》及东坡《答吴道子画后》。其《盗贼》下一文云"有缙绅先生告臣曰"一段,明人张綎即指出:"实指苏公,殆非设言也。"[27] 由此可见,少游策论"与坡同一轨辙","此少游之所以不及东坡也"[28]。真正代表少游散文风格的,应该是他的哲学论文,故近人林纾说:"集中如《魏景传》及《心说》,皆直造蒙庄之室,为东坡中所无。"[29]此外,他的小品文《眇倡传》、《二侯说》、《书晋贤图后》、《辋川图跋》等也都富有情趣,颇堪把玩。其《清和先生传》博采事典,以拟人化手法,为酒立传,似承韩愈《毛颖传》胎息,逞才肆意,亦颇可观。

此次秦少游学术研究会两位会长将秦观诗词文中的精品选出,分别编册,并请黄思维、谢燕、刘勇刚和吴雅楠诸君分别加以注释和简评,相信对广大读者了解和鉴赏秦少游的作品一定会有所裨益,并将对进一步推动全国秦少游的研究产生一定的影响。然人无完人,金无足赤,著述亦然,难免存在某些不足,尚希海内外方家,不吝赐教。是为序。

徐培均 2013 年 7 月撰于沪上岁寒居

【注释】

(1) 秦观《与李乐天简》。

(2) 秦观《梦扬州》词。

(3) 宋叶梦得《避暑录话》卷三。

(4) 秦观《宁浦书事六首》第三首。

(5) 《捕蝗至浮云岭山行疲茶有怀子由》其二。

(6) 《山村五绝》。

(7) 《舒王答苏内翰荐秦公书》,见日藏宋乾道高邮军学本《淮海集》卷端引。

(8) 《淮海集》卷十四《法律》下。

(9)《续资治通鉴长编》卷四一四。

(10)《续资治通鉴长编》卷四六三。

(11)《续资治通鉴长编》卷四六三。

(12)《五百罗汉图纪》。

(13)《遣疟鬼文》。

(14)宋陈师道《秦少游字序》。

(15)同上。

(16)同上。

(17)《淮海集》卷十二《国论》。

(18)《二程遗书》卷二。

(19)宋陈鹄《耆旧续闻》卷八。

(20)《二程遗书》卷十八。

(21)见《谢程公辟启》。

(22)明胡应麟《诗薮·杂编》卷五。

(23)宋魏庆之《诗人玉屑》卷十八引《童蒙诗训》。

(24)《和秦太虚梅花》

(25)《辨贾易弹奏待罪札子》。

(26)见《山谷诗集》卷十九《晚泊长沙,示秦处度湛、范元实温,用寄明略和父韵五首》之五。

(27)明嘉靖张綖鄂州刻《淮海集》引。

(28)林纾《淮海集选序》。

(29)同上。

前 言

在苏门四学士中,秦少游、黄庭坚诗词文均擅长,各领风骚,以其绚烂光芒照映文坛。陈师道云:"今代词手,唯秦七黄九耳,唐诸人不逮也。"(《后山诗话》)令人遗憾的是,当时齐名的两位词手,后来黄庭坚的词却为诗名所掩,秦少游的诗则为词名所掩。平心而论,秦少游诗现存四百馀首,不仅数量比词多出四倍,而且内容也较词广泛,在艺术上更有其特色,故值得我们重视并加以研讨。

关于秦少游诗,宋朝二位大家的评介最为中肯。一是王安石,他称秦诗"清新妩丽,鲍谢似之"(《回苏子瞻简》)。一是吕本中,他称"少游过岭后诗,严重高古,自成一家,与旧作不同"(《童蒙诗训》)。二家之说基本上概括了秦诗的风格。就其诗体而言,清新妩丽,以近体诗居多;严重高古,以古体诗为多。就其境遇而言,顺境时偏于清新妩丽,逆境时偏于严重高古。而后者吕本中以过岭后为界,似未切当。纵观淮海诗,过岭前如《春日杂兴十首》、《次韵邢敦夫秋怀十首》等作,亦不乏严重高古。至如宋人敖陶孙评之为"如时女步春"(《臞翁诗评》)、金人元好问评之为"女郎诗"(《论诗绝句》),则只看到"妩丽"一类。少游这种以"清新妩丽"为主的诗歌风格,既有别于苏轼的清新豪放,又不同于黄庭坚的生新奇崛,在北宋诗坛上别树一帜。

秦少游所取得的诗歌成就,首先跟他多读书、饱游历是分不开的。少游同古人一样,读万卷书、行万里路。先说读书。村居期间,他沉潜于经史辞赋,"杜门谢客,颇得专意读书"(《与苏子由著作简》),"杜门却扫,日以文史自娱"(《与李乐天简》),"坟墓去家无百里,往来仍不废观书"(《还自广陵四首》),"终日掩关尘境谢,有时开卷古人游"(《睡足轩二首》)。他还曾"取经传子史事之可为文用者,得若干条,勒为若干卷,题曰《精骑集》"(《精骑集序》)。即使被贬谪到岭南,仍然"挥汗读书不已"(《宁浦书事六首》之一)。再说游历。苏辙《上枢密韩太尉书》云:"太史公行天下,周览四海名山大川,与燕赵间豪俊交游,故其文疏荡,颇有奇气。"少游亦重视漫游,"平生乐渔钓,放浪江湖间"(《艇斋》)。早年足迹遍于江浙皖及京洛,他登高怀古,游目骋怀,为此写下了大量的纪游诗,所谓"山川览瞩之美,酬献之娱,一皆寓之于诗"(《会稽唱和诗序》)。如"我昔东游观禹穴,痛饮狂歌得所欲"(《送蔡子骧用蔡子骏韵》),"七年三过白蘋洲,长与诸豪载酒游"(《雪上感怀》),"昔我游京室,交通五陵间"(《春日杂兴十首》之四)等诗,集中记载了他的漫游经历。

少游漫长的读书、游历生涯,既扩大了眼界,又开拓了心胸。杜甫说:"读书破万卷,下笔如有神。"(《奉赠韦左丞丈二十二韵》)正因为读书多,所以他跟黄庭坚一样,作诗也"无一字无来处"(《与洪甥驹父书》),以故为新。正因为游历广,乃能"挥毫春在手"(《次韵答米元章》),写出的东西不同凡响。前者如

《别苏学士子瞻》,开篇"我独不愿万户侯,惟愿一识苏徐州",就仿效李白"生不愿封万户侯,但愿一识韩荆州"之语,接着用"珠树三株"、"玉海千寻"、"天上麒麟"、"河东鸑鷟"、"八砖学士"、"五马使君"等一系列典故,非淹通文史者莫办,而苏轼"英伟非人力",又非此不足以发明。他如《送乔希圣》、《题杨康功醉道士石》、《题骡纲图》、《寄陈季常》、《司马迁》、《觏觌二弟作小室请书鲁直名曰寄寂作此寄之用孙子实韵》等诗,驱遣典故,左右逢源,气格高古,识见超卓,而英妙侠气,时时贯注其间。后者如《同子瞻端午日游诸寺赋得深字》,少游发挥题中"深"字之义,探幽寻胜,佳句迭出,弥见才力之富健。又如《泊吴兴西观音院》、《泗洲东城晚望》、《游鉴湖》等诗,无不逐江山之胜,续鲍谢之音。

其次,跟他善于向前代作家学习是分不开的。杜甫说"转益多师是汝师",少游也不例外。他在《会稽唱和诗序》中说:"昔之业诗者,必奇探远取,然后得名于时。"对于"奇探远取",少游在《韩愈论》一文中有明确阐释。他说杜甫诗,"实积众家之长",如苏武、李陵之高妙,曹植、刘桢之豪逸,陶潜、阮籍之冲澹,谢灵运、鲍照之峻洁,徐陵、庾信之藻丽。所以他的诗能"穷高妙之格,极豪逸之气,包冲澹之趣,兼峻洁之姿,备藻丽之态",从而达到集诗歌之大成。上述汉魏六朝诸家之诗,正是少游所向往和学习的。除此之外,他"俯首刻意追风骚"(《漫郎》),更向汉魏六朝之前的《诗经》、《楚辞》学习,又向汉魏六朝之后的唐代作家学习。他有《秋兴九首》,所拟者皆唐人,有韩愈、孟郊、韦应物、李贺、李白、卢仝、杜甫、杜牧、白居易七人。他的拟古诗不拘形似,而追求神似,能"曲尽唐人之体"(洪迈《容斋随笔》引关子东语)。与此同时,他还向当代前辈苏轼等学习。通过取法乎上,吸收各家诗歌之长,从而独辟蹊径,自成一家,形成独特的艺术风格。

再次,与师友互相切磋与唱和也有一定关系。诗歌作为言志抒情工具,古人往往以诗会友,往还酬答,成为艺林雅事。南宋邵浩所编的《坡门酬唱集》,收录了苏轼与弟辙及门下黄庭坚、秦观、晁补之、张耒、陈师道等人的唱和之诗,"其诗大抵同题共韵之作,比而观之,可以知其才力之强弱,与意旨之异同"(清纪昀等《四库全书总目》)。在淮海诗中,唱和之作占了相当的数量,与其交往的有苏轼、苏辙兄弟(子瞻、子由)、李常(公择)、孙觉(莘老)、道潜(参寥)、徐积(仲车)、黄庭坚(鲁直)、张耒(文潜)、李之仪(端叔)、米芾(元章)等,皆一时胜流。处此环境中,彼此切磋诗艺,赓和吟篇,无疑对诗歌创作起到促进作用。同时,少游早岁对辞赋用力极深,故作诗也同作赋一般,"斗难、斗巧、斗新"(李廌《师友谈记》)。如《次韵子由题平山堂》、《和黄法曹忆建溪梅花》、《次韵答张文潜病中见寄》等诗,就同题共韵,深化意旨,独出心裁,于唱酬中见学问,于挥洒中见才情。

另外,少游早年为了应举,在苏轼指导下,于"论理、论事、叙事、托词、成体"(《韩愈论》)之文,细心揣摩,深造自得。故所作策论,颇具卓识,苏轼称"词采绚发,议论锋起"(《辨贾易弹奏待罪札子》),《宋史》本传亦称其"长于议论,文丽而思深"。为文如此,作诗势必也受到影响,其中以古体诗尤为突出。如《漫郎》、《题大唐中兴颂》、《送李端叔从辟中山》等,立意高远,议论精当,纵横捭阖,读来倍觉豪气逼人。

以上就秦少游诗歌成就的原因浅谈一些看法。当然他的诗,与其个性及身世遭遇颇有关连。徐培均先生为本丛书撰写的总序对秦少游的文学成就作了全面精辟的论述,这里不展开了。

徐培均先生《淮海集笺注》以日藏宋乾道九年(1173)癸巳高邮军学本为底本,《秦少游诗精品》底本同此。遇有异文,如底本文字较优,一律不出校。编年基本据徐先生所作《秦少游年谱长编》,注释、辑评除参考《淮海集笺注》(以下简称徐《笺》)外,也参考了周义敢、周雷两先生所辑《秦观资料汇编》。

徐先生为当代研究秦少游专家,是全面笺注秦少游诗词文的第一人。先生《淮海集笺注》,堪与施元之等注《东坡诗》、任渊注《山谷诗》相媲美,正如王运熙先生所云"诚不愧为少游之功臣,艺林之佳构也"。十几年前,由张珍怀先生介绍,予有幸与先生结为忘年交,备蒙教益。此次承先生不弃,荐予担任秦少游诗的选注工作,并惠赠《秦少游年谱长编》。感荷之馀,乃勉力为之。同时还得到程郁缀、朱惠国两先生的全力支持,庞坚先生的费心审阅,在此一并深致谢忱。秦诗佳作甚多,限于篇幅,有些只能割爱。由于本人才疏学浅,选注不当之处,敬请读者和专家不吝赐教。

2013年6月黄思维于凤翔轩

熙宁年间

过六合水亭怀裴博士次韵三首(其一) 次莘老韵

晚憩孤亭上⁽¹⁾，羸骖系断柯⁽²⁾。
荒门寒带路，　空槛阔增波⁽³⁾。
往事青山在，　馀生白鸟过⁽⁴⁾。
诵言成绝唱，　亹亹迫阴何⁽⁵⁾。

【总说】

据清茆泮林《孙莘老年谱》载，熙宁九年(1076)八月，少游、参寥随莘老访漳南道人昭庆于汤泉，经六合西门水亭，莘老乃作《怀裴博士》诗，少游、参寥皆有和作。六合，即今江苏六合。裴博士，生平不详。博士，古代学官名。莘老，孙觉的字。孙觉，高邮(今属江苏)人。皇祐间进士。以龙图阁学士兼侍讲致仕。绍圣中名列元祐党籍。与苏轼、黄庭坚交游。

首二句写裴博士生前所居之景物，转眼间变成了"孤亭"、"断柯"、"荒门"、"空槛"，足见其身后的凄凉。"往事"二句，深刻揭示出人生有限、宇宙无穷这个古老的话题，造语精警，属对工稳，堪为警句。最后诗人高度评价裴博士的作品，进一步落实诗题之"怀"字。

【注释】

(1) 憩：休息。

(2) 羸骖(léi cān)：瘦马。骖，同架一车的三匹马，或驾车时位于两边的马，此代指马。

(3)"荒门"二句：言裴博士去世后,门庭冷落,而栏外水波空阔依然。槛(jiàn),栏杆。南朝宋谢灵运《登上戍石鼓山》诗:"日末涧增波,云生岭逾叠。"

(4)"往事"二句：言青山犹在,往事皆非,人生短暂,如白鸟过眼而已。晋张协《杂诗》:"人生瀛海内,忽如鸟过目。"唐杜甫《贻华阳柳少府》诗:"馀生如过鸟,故里今空村。"

(5)"诵言"二句：言裴博士那些逼近阴铿、何逊的佳作,使人体味起来娓娓不倦,如今已成绝响了。诵言,语见《诗经·大雅·桑柔》:"听言则对,诵言如醉。"郑玄笺:"见诵《诗》、《书》之言,则冥卧如醉。"亹亹(wěi),同娓娓,形容动听。南朝梁钟嵘《诗品·晋黄门郎张协》:"词采葱蒨,音韵铿锵,使人味之亹亹不倦。"阴何,指阴铿、何逊,南朝梁著名诗人。唐杜甫《解闷十二首》之七:"熟知二谢将能事,颇学阴何苦用心。"

落 日 马 上

日落荒阡白雾深⁽¹⁾,紫骝嘶顾出疏林⁽²⁾。
回头已失来时路， 杳杳金盘堕翠岑⁽³⁾。

【总说】
　　本诗熙宁九年(1077)游汤泉途中作。夕日西沉,白雾渐浓,当紫骝马穿过疏林,已不见来时路,但见如日金盘,从苍翠之山巅落下去。寥寥几笔,写景如在目前。

【注释】
　　(1)荒阡:荒凉的道路。阡,原指南北向的田间小路,泛指道路。唐刘长卿《登吴古城歌》:"荒阡断兮谁重过? 孤舟逝兮悲若何。"
　　(2)紫骝:古骏马名。《南史·羊侃传》:"帝因赐侃河南国紫骝,令试之。侃执矟上马,左右击刺,特尽其妙。"唐李白《紫骝马》诗:"紫骝行且嘶,双翻碧玉蹄。"
　　(3)金盘:喻落日。

田 居 四 首

其 一

鸡号四邻起，　　结束赴中原(1)。
戒妇预为黍，　　呼儿随掩门。
犁锄带晨景，　　道路更笑喧。
宿潦濯芒屦，　　野芳簪鬌根。
霁色披窅霭(2)，　春空正鲜繁(3)。
辛夷茂横阜，　　锦雉娇空园。
少壮已云趋，　　伶俜尚鸥蹲(4)。
蟹黄经雨润(5)，　野马从风犇(6)。
村落次第集，　　隔塍致寒暄。
眷言月占好(7)，　努力竞晨昏。

其 二

入夏桑柘稠，　　阴阴翳虚落(8)。
新麦已登场，　　馀蚕犹占箔(9)。
隆曦破层阴(10)，　霁霭收远壑。
雌蜺卧沦漪(11)，　鲜飙泛丛薄(12)。
林深鸟更鸣，　　水漫鱼知乐(13)。
羸老厌烦歊(14)，　解衣屡槃礴(15)。
荫树濯凉飔(16)，　起行遗带索(17)。

冢妇饷初还[18], 丁男耘有托[19]。
倒筒备青钱[20], 盐茗恐垂橐[21]。
明日输绢租, 邻儿入城郭。

其 三

昔我莳青秧[22], 廉纤属梅雨[23]。
及兹欲成穗, 已复颓星暑[24]。
迟暮易昏晨[25], 摇落多砧杵[26]。
村迥少过从, 客来旋炊黍[27]。
兴发即杖藜[28], 未尝先处所。
褰裳涉浅濑[29], 矫首没孤羽[30]。
丛祠土鼓悲[31], 野埭鹍鸡舞[32]。
稚子随贩夫, 老翁拜巫女。
辛勤稼穑事, 恻怆田畴语[33]。
得谷不敢储, 催科吏旁午[34]。

其 四

严冬百草枯, 邻曲富休暇[35]。
土井时一汲, 柴车久停驾[36]。
寥寥场圃空[37], 跕跕乌鸢下[38]。
孤榜傍横塘[39], 喧春起旁舍[40]。
田家重农隙[41], 翁妪相邀迓[42]。
班坐酾酒醁[43], 一行三四谢。
陶盘奉旨蓄[44], 竹筯羞鸡豝[45]。

饮酣争献酬⁽⁴⁶⁾，语阕或悲咤⁽⁴⁷⁾。
悠悠灯火暗，　刺刺风飙射⁽⁴⁸⁾。
客散静柴门，　星蟾耿寒夜⁽⁴⁹⁾。

【总说】

　　本组诗作于熙宁十年（1077）。少游生长乡村，久习农事，从"昔我莳青秧"可知他亲自从事耕作，故对四时农家生活，娓娓道来，历历如绘，十分亲切。其中既写田间稼穑之艰辛，又写邻里往来之欢乐，同时对农民交税、官吏催租亦有所反映。四诗除首尾二句外，中间几乎均对偶。写人如"戒妇预为委，呼儿随掩门"，"冢妇饷初还，丁男耘有托"，"稚子随贩夫，老翁拜巫女"；写景如"蟹黄经雨润，野马从风犇"，"林深鸟更鸣，水漫鱼知乐"，"褰裳涉浅濑，矫首没孤羽"，"寥寥场圃空，跕跕乌鸢下"，工巧而不乏灵动，圆熟而不失平易，为少游早年精心制作的一组诗。

【注释】

　　（1）结束：装束，打扮。唐刘禹锡《历阳书事七十韵》："好令朝集使，结束赴新正。"中原：原野之中。《诗经·小雅·小宛》："中原有菽，庶民采之。"郑玄笺："中原，原中也。"

　　（2）窅（yǎo）霭：深远貌。梁元帝《隐居先生陶弘景碑》："嶕峣高栋，窅霭修栊。"

　　（3）鲜繁：唐韩愈《陆浑山火和皇甫湜用其韵》："错陈齐玫辟华园，芙蓉披猖塞鲜繁。"方世举注："言火色如花之鲜艳繁华，充塞其中也。"此言春天的景象鲜新繁茂。

　　（4）伶俜（pīng）：孤单貌。唐杜甫《新安吏》诗："肥男有母送，瘦男独伶俜。"鸱（chī）蹲：如鸱蹲状。鸱，猫头鹰。宋欧阳修《雪对十韵》："儿吟愁凤语，翁坐冻鸱蹲。"

(5)蟹黄:雌螃蟹的卵黄,借指螃蟹。唐钱珝《江行无题》诗之五一:"谩把尊中物,无人啄蟹黄。"

(6)野马:春日野外林泽间的雾气。《庄子·逍遥游》:"野马也,尘埃也。生物之以息相吹也。"成玄英疏:"此言青春之时,阳气发动,遥望薮泽之中,犹如奔马,故谓之野马也。"犇(bēn):同"奔"。

(7)眷言:回顾貌。言,词尾,无义。《诗经·小雅·大东》:"睠言顾之,潸焉出涕。""睠"同"眷"。月占(zhān):占月之吉凶。《吕氏春秋·勿躬》:"容成作历,羲和作占日,尚仪作占月,后益作占岁。"

(8)虚落:村落。虚,通"墟",南朝梁范云《赠张徐州稷》诗:"轩盖照墟落,传瑞生光辉。"

(9)占箔:占据着蚕箔。箔,养蚕用的竹席。唐王建《簇蚕辞》:"蚕欲老,箔头作茧丝皓皓。"

(10)隆曦:烈日。唐柳宗元《牛赋》:"抵触隆曦,日耕百亩。"

(11)雌蜺:副虹,双虹中色彩浅淡的虹。《楚辞·九章·悲回风》:"上高岩之峭岸兮,处雌蜺之标颠。"

(12)鲜飙:南朝梁江淹《杂体三十首·许征君询自叙》:"曲棂激鲜飙,石室有幽响。"吕向注:"鲜飙,鲜洁之风。"

(13)"林深"二句:唐杜甫《秋野五首》其二:"水深鱼极乐,林茂鸟知归。"此用其语。

(14)烦歊(xiāo):炎热。

(15)"解衣"句:《庄子·田子方》:"公视之,则解衣般礴臝。"槃礴,亦写作"般礴",箕踞而坐。

(16)凉飔:凉风。南朝齐谢朓《在郡卧病呈沈尚书》诗:"珍簟清夏室,轻扇动凉飔。"

(17)遗带索:遗留了束衣的带子。承上"解衣"而言。

(18) 冢(zhǒng)妇：嫡长子之妻。《礼记·内则》："冢妇所祭祀宾客,每事必请于姑。"

(19) 丁男：已到服役年龄的男子。唐储光羲《效古》诗之一："妇人役州县,丁男事征讨。"

(20) 青钱：青铜钱。

(21) 盐茗：食盐和茶叶。垂橐(tuó)：空了袋子。《左传·昭公元年》："诸侯之处垂橐而入,稇载而归。"

(22) 莳：移栽,种植。

(23) 廉纤：雨细貌。唐韩愈《晚雨》诗："廉纤晚雨不能晴,池岸草间蚯蚓鸣。"

(24) 颓星暑：星,指星火,古代星名。《尚书·尧典》："日永星火,以正仲夏。"颓,即"七月流火"之"流"之意(见《诗经·豳风·七月》)。晋陶渊明《丙辰岁八月中于下潠田舍获》诗："曰余作此来,三四星火颓。"少游《和游金山》诗："别来星暑换,瘖瘵经从处。"此句谓暑往秋来。

(25) 迟暮：犹徐缓。南朝宋鲍照《舞鹤赋》："飒沓矜顾,迁延迟暮。"

(26) 砧杵：捣衣石和捣衣的棒槌。

(27) 炊黍：煮饭。黍,一种谷物,即黄米。

(28) 杖藜：拄着藜杖。藜,一种草本植物,老茎可制成手杖,此即代指手杖。

(29) 褰(qiān)裳：撩起下裳。《诗经·郑风·褰裳》："子惠思我,褰裳涉溱。"浅濑：浅水沙石滩。

(30) 矫首：抬头。

(31) 丛祠：建于丛林中的神庙。唐柳宗元《韦使君黄溪祈雨见召……》诗："谷口寒流净,丛祠古木疏。"土鼓：古打击乐器名,鼓的一种。《周礼·春官·籥章》："掌土鼓豳籥。"郑玄注："土鼓以瓦为匡,以革为两面,可击也。"三国魏嵇康《难自然好学论》:"蕢桴土鼓,抚腹而吟,足之蹈之,以娱其喜。"

(32) 埭(dài):土坝。古时于水浅舟行不便之处,筑土坝阻水,两岸立转轴,以人力牵缆,挽舟而行。北周庾信《明月山铭》:"船横埭下,树夹津门。"鹍鸡:鸟名。《楚辞·九辨》:"鹍鸡啁哳而悲鸣。"洪兴祖补注:"鹍鸡似鹤,黄白色。"

(33) 田畴(chóu):田地。

(34) 催科:催收租税。旁午:交错,纷繁。汉王褒《洞箫赋》:"气旁午以飞射兮,驰涣散以逶律。"

(35) 邻曲:邻人。晋陶潜《游斜川诗序》:"与二三邻曲,同游斜川。"休暇:休假。唐王勃《秋日登洪府滕王阁饯别序》:"十旬休暇,胜友如云。"

(36) 柴车:简陋无饰的车子。南朝梁江淹《杂体三十首·陶征君田居》:"日暮巾柴车,路闇光已夕。"

(37) 场圃:农家种菜和收打作物的地方。古人一地两用,春夏为圃,秋冬为场。《诗经·豳风·七月》:"九月筑场圃,十月纳禾稼。"

(38) 跕跕(dié):坠落貌。《后汉书·马援传》:"仰视飞鸢,跕跕堕水中。"

(39) 榜:船桨,借指船。《楚辞·涉江》:"乘舲船余上沅兮,齐吴榜以击汰。"横塘:此泛指水塘。

(40) 喧春:喧闹的春谷声。

(41) 农隙:农闲的日子。

(42) 邀迓(yà):请和迎。

(43) 班坐:依次而坐。班,排列的次序。釃(sī):本义是滤酒,引申为斟酒。醪(láo):汁渣混合的酒,也作酒的总称。

(44) 旨蓄:贮藏的好食品。旨,美。蓄,储藏。《诗经·邶风·谷风》："我有旨蓄,亦以御冬。"郑玄笺："蓄聚美菜者,以御冬月乏无时也。"

(45)竹筋：竹筷。羞：进献食物。《左传·昭公二十七年》："羞者献体改服于门外。"杜预注："羞,进食也。"胾(zhè)：烤熟的肉。唐韩愈《元和圣德》诗："此不当受,万牛脔胾。"

(46)献酬：饮酒时主宾互相劝酒。《诗经·小雅·楚茨》："为宾为客,献酬交错。"

(47)语阕(què)：话说完。阕,止息,终了。悲咤(zhà)：悲叹。南朝梁何逊《临行公车》诗："对此将如何,抚心独悲咤。"

(48)剌剌(lā)：象声词,状风声。唐李商隐《送李千牛李将军越阙五十韵》："去程风剌剌,别夜漏丁丁。"

(49)星蟾：星月。蟾,古代传说月中有蟾,故称月为蟾。

【辑评】

[清]贺裳《载酒园诗话》：作田园诗,宜于朴直,共曲折顿挫在转落处,用意不穷便佳,不在雕饰字句。常有用雅字则俗,用俗字反雅者,犹服大练不可承以锦袜也。少游《田居》诗,描写情景,亦有佳处,但篇中多杂雅言,不甚肖农夫口角,颇有驴非驴、马非马之恨。如"鸡号四邻起,结束赴中原",此游侠少年及从军行中语,田叟何烦尔！然如"寥寥场圃空,跕跕乌鸢下","饮酣争献酬,语阕或悲咤。悠悠灯火暗,剌剌风飙射",亦深肖田家风景,有储(光羲)诗之遗。

[现代]程千帆、吴新雷《两宋文学史》：他出身于寒微士族,一生中又历经坎坷,比较能接近并了解人民的生活情况,如其《田居》有云："辛勤稼穑事,恻怆田畴语。得谷不敢储,催科吏旁午。"

[现代]钱基博《中国文学史》第五编：五古如《泊吴兴(西)观音院》、《寄曾逢原》、《田居四首》、《送李端叔从辟中山》……《幽

眠》……《荷花》，多可诵者，而蹊径与（苏）轼五古绝不同。轼以疏澹为旷真，以坦迤出跌宕，由韦以希陶；观则以妍丽为清新，以追琢出秀爽，写柳以变谢，此其较也。

　　[现代]孙望、常国武主编《宋代文学史》：秦观诗的数量远远超过他的词，有四百首左右。题材内容较词广泛，其中反映家乡农村生活的《田居》组诗，叙写农民的劳动生活，具有浓郁的乡土气息。诗中还揭示了官府赋敛的苛虐，反映出农民的困苦："得谷不敢储，催科吏旁午"，"倒筒备青钱，盐茗恐垂橐"。终年劳苦，只能勉强缴纳赋税和偿还青苗钱，最后连买茶盐的钱也没有着落，对农民表现了明显的同情。

　　[现代]徐培均、罗立刚《秦观诗词文选评》：在田园诗中，描写春景、夏景乃至秋景的较多，而写冬景者不常见，这首诗所描写的正是冬日农村生活的图景：枯萎的百草，闲置的柴车，空寂的场圃，塘边的孤舟，如一幅静态的冬日农村图画。欲坠的乌鸢以及嘈杂的舂米声，给画面增添了动感，同时也增添几分寂寞，冬景特色，只在寥寥几笔中，即表现出来。生活在这样环境中的村民们，又是如此悠闲自适：彼此相邀，以浊酒相对，或殷勤劝酒，或吟啸抒怀，直到苍然日暮，直到寒夜星明。村民之质朴可爱，更给画面增添了神采。……整首诗，前半部分描述自然景色，后半部分写村民活动，仿佛一被邀畅饮村民述说全天所见所闻，历历叙来，质朴无华，毫无斧凿痕迹。特别是中间写村民活动，与陶氏《移居》诗所写"过门更相呼，有酒斟酌之。农务各自归，闲暇辄相思。相思则披衣，言笑无厌时"极为相似。

怀李公择学士

一辞行斾楚亭皋(1)，几为登临挂郁陶(2)。
蓬断草枯时节晚(3)，山长水远梦魂劳(4)。
流传玉刻皆黄绢(5)，早晚金闺报大刀(6)。
宣室方疑鬼神事(7)，顺风行看驶鸿毛(8)。

【总说】

　　本诗作于熙宁十年(1077)。是岁冬，少游怀李公择济南，孙莘老、参寥子皆次其韵。此诗前四句融情于景，写别后怀念之情。后四句融史事于议论中，对李公择重还朝廷寄予希望。李公择，名常，字公择，南康建昌(今江西永修)人。少读书庐山白石僧舍，登皇祐进士第。调江州判官。熙宁中知谏院，与王安石友善。时安石立新法，常极言其不便。安石遣亲密喻意，常不为止。哲宗时，累拜御史中丞，出知邓州。徙成都，卒于行次。见《宋史》本传。

【注释】

　　(1)"一辞"句：熙宁九年(1076)，李公择自湖州移守齐州，经高邮与少游分别，此追忆之。斾(pèi)，旌旗。亭皋，水边平地。《汉书·司马相如传上》："亭皋千里，靡不被筑。"

　　(2)挂郁陶：言牵挂怀念。郁陶，《楚辞·九辩》："岂不郁陶而思君兮，君之门以九重。"王逸注："愤念蓄积盈胸臆也。"

　　(3)时节晚：唐白居易《感秋寄远》诗："惆怅时节晚，两情千里同。"李公择时年五十，一个"晚"字，既指时节，又指年岁，

(4)"山长"句:谓山水阻隔,魂牵梦萦。《诗经·小雅·渐渐之石》:"山川悠远,维其劳矣。"唐许浑《寄宋次都》诗:"山长水远无消息,瑶瑟一弹秋月高。"

(5)"流传"句:谓李公择的绝妙诗文广为流传。玉刻,对书籍刻本的美称。黄绢,黄绢幼妇的省称。《世说新语·捷悟》:"魏武尝过曹娥碑下,杨修从,碑背上见题作'黄绢幼妇,外孙齑臼'八字。……修曰:'黄绢,色丝也,于字为绝。幼妇,少女也,于字为妙。外孙,女子也,于字为好。齑臼,受辛也,于字为辞。所谓绝妙好辞也。'"

(6)"早晚"句:据《宋史·马默传》记载,"孙觉、李常力诤新法,宁失故人之意,毅然去之而无悔"。熙宁三年(1070),李公择因反对新法而出京,少游亟盼其还朝。早晚,犹云何日也,此多指将来而言,见《诗词曲语辞汇释》。金闺,指金马门,此代指朝廷。南朝宋鲍照《侍郎报满辞阁疏》:"金闺云路,从兹自远。"大刀,《汉书·李陵传》:"立政等见陵,未得私语,即目视陵,而数数自循其刀环,握其足,阴谕之,言可还归汉也。""环"与"还"同音,以环表示还。

(7)"宣室"句:谓当今皇上不问鬼神,关注苍生。宣室,汉未央宫前正室。《史记·屈原贾生列传》:"孝文帝方受釐,坐宣室。上因感鬼神事,而问鬼神之本。贾生因具道所以然之状。"唐李商隐《贾生》诗:"可怜夜半虚前席,不问苍生问鬼神。"

(8)"顺风"句:谓当今皇上非常希望起用贤臣。汉王褒《圣主得贤臣颂》:"圣主必待贤臣而弘功业,俊士亦俟明主以显其德。上下俱欲,欢然交欣,千载壹合,论说无疑,翼乎如鸿毛遇顺风,沛乎若巨鱼纵大壑。"

元丰年间

还自广陵四首

其 一

薄茶便当乌程酒⁽¹⁾，短艇聊充下泽车⁽²⁾。
坟墓去家无百里，　往来仍不废观书。

其 二

南北悠悠三十年，　谢公遗堞故依然⁽³⁾。
欲论旧事无人共⁽⁴⁾，卧听钟鱼古寺边⁽⁵⁾。

其 三

邗沟缭绕上云空⁽⁶⁾，坐阻层冰不得通。
赖有东风可人意，　为开明镜玉奁中⁽⁷⁾。

其 四

天寒水鸟自相依⁽⁸⁾，十百为群戏落晖。
过尽行人都不起，　忽闻冰响一齐飞。

【总说】

本组诗作于元丰元年(1078),是作者从广陵(今扬州)归里之作。是年少游正三十岁。第一首诗人自先人墓上归还,以茶当酒,以船当车,途中读书不辍,足见好学。第二首凭吊谢公遗埭,倾听古寺钟声,无人共话往事,故感慨系之。第三首写东风解冻,船行无阻的喜悦。第四首写船行所见。天寒地冻,群鸟仍嬉戏冰上,行人经过也不飞。忽然听到冰破的声音,一齐飞起来。诗人如摄影高手,把瞬间景象捕捉下来,写得生动传神。

【注释】

(1)乌程酒:酒名,产地有二说:一在豫章康乐(今江西万载)乌程乡,一在湖州乌程(今浙江湖州)。晋张协《七命》:"乃有荆南乌程,豫北竹叶。"李善注:"盛弘之《荆州记》曰:渌水出豫章康乐县。其间乌程乡,有酒官取水为酒,酒极甘美。"《太平寰宇记》卷九十四:"按《郡国志》云:'古乌程氏居此,能醖酒,故以名县。"

(2)下泽车:指短毂车,便于沼泽之地行驶。《后汉书·马援传》:"乘下泽车,御款段马。"李贤注:"《周礼》曰'车人为车,行泽者欲短毂,行山者欲长毂;短毂则利,长毂则安'也。"

(3)谢公遗埭(dài):指邵伯埭,今扬州之邵伯镇。《太平寰宇记》:"《晋书》:太元十一年,太傅谢安镇广陵……城北二十里,筑堰名邵伯埭。盖安新筑,即后人追思安德比于邵伯,因以立名。"(邵伯,即周召公奭。)

(4)"欲论"句:唐韩愈《过始兴江口感怀》诗:"目前百口还相逐,旧事无人可共论。"

(5)钟鱼:寺院撞钟之木,因制成鲸鱼形,故称。此借指钟声。古寺:指甘棠庙。《明一统志》卷十二:"甘棠庙,在府城东北四十五里,晋谢安镇广陵有善政,郡人立庙祀焉。"

(6) 邗(hán)沟:又名邗江,即今江苏境内自扬州至淮安这一段运河。

(7) 玉奁(lián):玉镜,此喻明净的水面。又少游《题汤泉》诗之二云:"温井霜寒碧甃澄,飞尘不动玉奁清。"

(8) 水鸟自相依:宋梅尧臣《和希深晚泛伊川》诗:"水鸟静相依,芦洲蔼将晚。"

睡足轩二首

其 一

长年忧患百端慵⁽¹⁾，开斥僧坊颇有功⁽²⁾。
地撤蔽亏僧界静⁽³⁾，人除荒秽玉奁空⁽⁴⁾。
青天并入挥毫里，　白鸟时兴隐几中⁽⁵⁾。
最是人间佳绝处，　梦残风铁响丁东⁽⁶⁾。

其 二

数椽空屋枕清流⁽⁷⁾，一榻萧然散百忧⁽⁸⁾。
终日掩关尘境谢⁽⁹⁾，有时开卷古人游⁽¹⁰⁾。
鸣鸠去后沧浪晚⁽¹¹⁾，飞雨来初菡萏秋⁽¹²⁾。
此处便令君睡足，　何须云梦泽南州⁽¹³⁾？

【总说】

　　此二诗元丰元年（1078）秋作于高邮。全诗围绕"睡足"，写种种闲适之况，或读书，或挥毫，枕清流，赏荷花，对清澈河波，听丁东风铁，真所谓"此处便令君睡足，何须云梦泽南州"。

【注释】

　　（1）百端：百感，众多思绪。《世说新语·言语》载卫玠语："见此芒芒，不觉百端交集。苟未免有情，亦复谁能遣此。"慵：懒。

(2)开斥:扩充,开拓。《汉书·地理志下》:"武帝攘却胡越,开地斥境。"僧坊:僧舍,僧房。徐《笺》:"盖指高邮醴泉寺。少游有《醴泉开堂疏》:'飞鸟衔花,空存胜景。真珠撒帐,未遇明师。逮军旅之荐兴,获法筵之初启。'亦即'开斥僧坊'之意。"

(3)撤:除去。蔽亏:隐蔽。汉司马相如《子虚赋》:"岑崟参差,日月蔽亏。"

(4)荒秽:犹荒芜。《孔丛子·巡守》:"入其疆,土地荒秽,遗老失贤。"晋陶潜《归园田居》诗之三:"晨兴理荒秽,带月荷锄归。"玉奁:玉镜,此喻明净的水面。

(5)白鸟:蚊的别名。《大戴礼记·夏小正》:"白鸟也者,谓闽蚋也。"隐几:靠着几案。《孟子·公孙丑下》:"有欲为王留行者,坐而言,不应,隐几而卧。"

(6)风铁:即铁马,悬挂在檐下的铁片,风吹时互相撞击发声,似今之风铃。宋王安石《和崔公度家风琴》诗之四:"风铁相敲固可鸣,朔兵行夜响行营。"

(7)数椽:几间(房屋)。枕:临,靠近。

(8)榻:狭长而低矮的坐卧用具。唐白居易《访陈二》诗:"两餐聊过日,一榻足容身。"萧然:潇洒,悠闲。唐王绩《答程道士书》:"屏居独处,则萧然自得。"

(9)掩关:指学佛者闭关静坐,以求觉悟。唐白居易《秋山》诗:"何日解尘网,此地来掩关。"尘境:原为佛教语,佛教以色、声、香、味、触、法为六尘,因称现实世界为"尘境"。唐司空曙《寄卫明府常见短靴谒裘……》诗:"翠竹黄花皆佛性,莫教尘境误相侵。"

(10)"有时"句:谓读古人书如与古人游。《庄子·人间世》:"为人之所为者,人亦无疵焉,是之谓与人为徒。成而上比者,与古为徒。"

(11)鸣鸠:即斑鸠。《吕氏春秋·季春》:"鸣鸠拂其羽。"高诱

注:"鸣鸠,班鸠也。"沧浪(láng):水的青苍色。晋陆机《塘上行》诗:"垂影沧浪泉。"李善注:"《孟子》曰:'沧浪之水清。'沧浪,水色也。"《楚辞·渔父》:"沧浪之水清兮,可以濯我缨。沧浪之水浊兮,可以濯我足。"

(12)菡萏(hàn dàn):荷花。《诗经·陈风·泽陂》:"彼泽之陂,有蒲菡萏。"

(13)"此处"二句:唐杜牧《忆齐安郡》诗:"平生睡足处,云梦泽南州。"诗意本此。徐《笺》:"杜牧诗作于黄州,谓黄州地僻而不能施展其才华,少游用以自嘲。"

【辑评】

［宋］蔡正孙《诗林广记》后集卷八引《冷斋夜话》:老杜诗云:"红稻啄残鹦鹉粒,碧梧栖老凤凰枝。"荆公云:"缲成白雪桑重绿,割尽黄云稻正青。"郑谷云:"林下听经秋苑鹿,江边扫叶夕阳僧。"以事不错综,则不成文章。若直叙之,则曰:"鹦鹉啄残红稻粒,凤凰栖老碧梧枝。"以红稻于上,以凤凰于下者,错综之也。言缲成,则知白雪为丝,言割尽,则知黄云为麦也。秦少游得其意,特发奇语而作此。诗中四句,皆有错综之体。

秋兴九首(选三首)

【总说】

　　《秋兴九首》,皆拟唐人,所拟者有韩愈、孟郊、韦应物、李贺、李白、卢仝、杜甫、杜牧、白居易。此选三首。拟古,即仿古。《文选》有"杂拟"诗体,晋陆机、南朝宋鲍照等皆有《拟古》诗。严羽《沧浪诗话·诗评》:"拟古唯江文通最长,拟渊明似渊明,拟康乐似康乐。"徐《笺》:"少游此处则尽摹唐人,疑作于元丰间'闭门却扫,日以文史自娱'之时。"从少游所拟唐人来看,可见他的好尚。亦可见他通过拟古了解各家诗歌风格,从而融铸百家,自成一家。

拟 李 贺[1]

　　鱼鳞鬐空排嫩碧[2],　　露桂梢寒挂团璧[3]。
　　白蘋风起吹北窗[4],　　尺鲤沉没断消息[5]。
　　燕子将雏欲归去[6],　　沈郎病骨惊迟暮[7]。
　　浓愁茫茫寄何处?　　万里江南芳草路。

【注释】

　　(1) 李贺,唐诗人,字长吉,系出郑王后。七岁能辞章。韩愈、皇甫湜始闻未信,过其家,使贺赋诗,援笔辄就如素构,自目曰《高轩过》。二人大惊,自是有名。每旦日出,骑弱马,从小奚奴,背古锦囊,遇所得,书投囊中,及暮归足成之。辞尚奇诡,所得皆惊迈,当时无能效者。乐府数十篇,皆合之弦管。为协律郎。卒年二十七。有《昌谷集》。见《新唐书·李贺传》。

(2) 鱼鳞:喻水面细碎的波纹。甃(zhòu):井壁,此指池塘之甃石。唐白居易《早春西湖闲游怅然兴怀……偶成十八韵寄微之》诗:"小桥装雁齿,轻浪甃鱼鳞。"

(3) 梢:树枝。团璧:犹璧月,因璧形如中间带孔的圆盘,故称。

(4) 白蘋:浮生的水草。唐温庭筠《西江上送渔父》诗:"白蘋风起楼船暮,江燕双双五两斜。"

(5) 尺鲤:指书信。古乐府《饮马长城窟行》:"呼儿烹鲤鱼,中有尺素书。"

(6) 将雏:携带幼禽。宋梅尧臣《依韵和王中丞忆许州西湖》诗:"负笥渔郎去,将雏燕子秋。"

(7) 沈郎:指南朝梁文学家沈约。《梁书·沈约传》:"约有志端揆……而帝终不用,乃求外出,又不见许,与徐勉善,遂以书陈情于勉曰:'……百日数旬,革带常应移孔;以手握臂,率计月小半分。'"后遂以操劳消瘦谓之"沈郎瘦"。病骨:唐李贺《伤心行》:"咽咽学楚吟,病骨伤幽素。"迟暮:比喻老去。《楚辞·离骚》:"惟草木之零落兮,恐美人之迟暮。"

拟玉川子(1)

南州有病客,　　　起卧北窗下(2),
玉兔衔光照清夜(3)。　故人别我京洛游,
不寄一行三改秋(4)。　秋色变冷客裘薄,
渐觉衣袂寒飕飕(5)。　作诗欲寄君,
未语先有愁。　　　不如呼童起,

危坐北窗下，　　　一杯宽我千日忧⁽⁶⁾。
眼前俗事何扰扰⁽⁷⁾，此夕尽向杯中休，
何必怀黄金印兮爵通侯⁽⁸⁾。

【注释】

（1）卢仝，唐诗人，范阳（今河北涿州）人。初隐少室山，号玉川子。后居洛阳。时韩愈为河南令，敬待之。尝作《月蚀诗》以刺时政，为韩愈所称，亦为他人所恨。旧传因偶留宿宰相王涯家，罹甘露之祸，被误杀。见《新唐书·卢仝传》。然据今人考证，死甘露之变当为谬说。有《玉川子诗集》。

（2）北窗：晋陶渊明《与子俨等疏》："常言五六月中，北窗下卧。遇凉风暂至，自谓是羲皇上人。"

（3）玉兔：神话中月中的白兔，诗词中多代指月亮。晋傅咸《拟天问》："月中何有？白兔捣药。"

（4）三改秋：谓时间已过了三年。

（5）衣袂(mèi)：衣袖，借指衣衫。袂，袖。

（6）"一杯"句：唐杜甫《落日》诗："浊醪谁造汝？一酌散千忧。"此用其语。

（7）眼前俗事：唐白居易《府西亭纳凉归》诗："面上有凉风，眼前无俗事。"此反其语。扰扰：纷乱貌。

（8）"何必"句：谓何必追求高官厚爵。黄金印，黄金制作的印章，古时公侯将相所佩。《史记·五宗世家论》："高祖时诸侯皆赋，得自除内史以下，汉独为置丞相，黄金印。"通侯，爵位名，即彻侯，汉时因避汉武帝刘彻讳，改为通侯。

拟 杜 牧 之⁽¹⁾

鼓鼙夜战北窗风⁽²⁾，　霜叶铺阶叠乱红⁽³⁾。

一段新愁惊枕上(4)，　几声悲雁落云中。
眼前时节看驰马(5)，　日下生涯寄断蓬(6)。
弟妹别来劳梦寐，　杳无消息过江东(7)。

【注释】

(1) 杜牧之，即唐诗人杜牧，字牧之，京兆万年（今陕西西安）人。大和间进士。官至中书舍人。其诗与李商隐齐名，世称"小李杜"。有《樊川文集》。

(2) 鼓鼙(pí)：军用的大鼓、小鼓。此代指晚上的风声。

(3) 霜叶：枫树等经霜的红叶。唐白居易《秋雨夜眠》："晓晴寒未起，霜叶满阶红。"乱红：纷乱的红色物体，如落花、飘坠的红叶等。宋欧阳修《蝶恋花》词："泪眼问花花不语，乱红飞过秋千去。"

(4) 一段深愁：唐李白《长门怨二首》："月光欲到长门殿，别作深宫一段愁。"

(5) "时节"句：唐杜牧《惜春》诗："花开又花落，时节暗中迁。"

(6) 日下：喻天子所在之地，即京城。唐钱起《送薛判官赴蜀》诗："边陲劳帝念，日下降才杰。"断蓬：断根后乱飞的蓬草，喻人之飘泊。唐韩愈《落叶送陈羽》诗："落叶不更息，断蓬无复归。"

(7) 杳无消息：没有一点音信。宋孙光宪《浣溪沙》词之五："早是销魂残烛影，更愁闻着品弦声。杳无消息若为情。"

【辑评】

[宋] 洪迈《容斋随笔》卷十六：阅秦少游集，有《秋兴》九首，皆拟唐人，前所载咸在焉。关子东为《秦集序》云："拟古数篇，曲尽唐人之体。"信然。

[明] 段雯君本《淮海集》卷四徐渭批语："沈郎病骨惊迟暮，浓愁茫茫寄何处？"此二语最肖。

[现代]詹安泰《宋诗研究》：其诗最值得我们注意者，《秋兴九首》，遍拟唐人。如《拟韩退之》、《拟孟郊》、《拟韦应物》、《拟李贺》、《拟李白》、《拟玉川子》、《拟杜子美》、《拟杜牧之》、《拟白乐天》。其所拟诗，虽偏重模仿与技巧，亦有佳作。

别子瞻学士

人生异趣各有求，　　系风捕影只怀忧⁽¹⁾。
我独不愿万户侯，　　唯愿一识苏徐州⁽²⁾。
徐州英伟非人力⁽³⁾，　世有高名擅区域⁽⁴⁾。
珠树三株讵可攀⁽⁵⁾？　玉海千寻真莫测⁽⁶⁾。
一昨秋风动远情，　　便忆鲈鱼访洞庭⁽⁷⁾。
芝兰不独庭中秀⁽⁸⁾，　松柏仍当雪后青⁽⁹⁾。
故人持节过乡县，　　教以东来偿所愿⁽¹⁰⁾。
天上麒麟昔漫闻⁽¹¹⁾，河东鸴鸴今才见⁽¹²⁾。
不将俗物碍天真⁽¹³⁾，北斗已南能几人⁽¹⁴⁾？
八砖学士风标远⁽¹⁵⁾，五马使君恩意新⁽¹⁶⁾。
黄尘冥冥日月换⁽¹⁷⁾，中有盈虚亦何算⁽¹⁸⁾。
据龟食蛤暂相从⁽¹⁹⁾，请结后期游汗漫⁽²⁰⁾。

【总说】

本诗作于元丰元年（1078）。是年五月，秦观入京应举，途经徐州，拜谒苏轼（字子瞻），临别赠以此诗。

从"我独"二句，可见少游对苏轼仰慕之情，亦可见苏轼作为当时文坛领袖，在年轻学子中之影响力。诗中用诸多历史上杰出人物作比，突出苏轼"英伟非人力"，诗人娴熟文史，驾驭文字，举重若轻。全诗每四句一转韵，层层深入，堪称少游杰作。

【注释】

(1) 系风捕影:犹今言捕风捉影。语见《汉书·郊祀志》:"听其言,洋洋满耳,若将可遇;求之,荡荡如系风捕景(同影),终不可得。"

(2) "我独"二句:唐李白《与韩荆州书》:"白闻天下谈士相聚而言曰:'生不愿封万户侯,但愿一识韩荆州。'"此仿效李白诗句。时苏轼任徐州通判。

(3) 英伟:英俊奇伟。《抱朴子·正郭》:"故中书郎周生恭远,英伟名儒也。"

(4) "世有"句:唐杜甫《追酬高蜀州人日见寄》诗:"呜呼壮士多慷慨,合沓高名动寥廓。"此用其语。区域,域中。

(5) 珠树:古代神话中珍奇树木,此代指苏氏兄弟。《山海经·海外南经》:"三株树在厌火北,生赤水上。其为树如柏,叶皆为珠。"唐初四杰之一王勃与其兄勮、弟勔并有才名,被杜易简称为"三珠树",见《新唐书·王勃传》。

(6) "玉海"句:喻人气度恢弘,深不可测。《南史·朱异传》:"(异)器宇弘深,神表峰峻。金山万丈,缘陟未登;玉海千寻,窥映不测。"

(7) "一昨"二句:回忆熙宁九年(1076)至湖州访李公择之事。《晋书·张翰传》:"翰因见秋风起,乃思吴中菰菜、莼羹、鲈鱼脍,曰:'人生贵得适志,何能羁宦数千里以要名爵乎?'遂命驾而归。"洞庭,太湖别名,此指湖州。

(8) 芝兰:芷和兰,两种香草,比喻佳子弟。芝,通"芷"。《世说新语·言语》载谢玄语:"譬如芝兰玉树,欲使其生于阶庭耳。"

(9) "松柏"句:《论语·子罕》"子曰:'岁寒,然后知松柏之后凋也。'"邢昺疏:"喻凡人处治世亦能自修整,与君子同;在浊世,然后知君子之正不苟容也。"同时黄庭坚《古诗二首上苏子瞻》之二

"青松出涧壑,十里闻风声",亦以松柏比喻苏轼,与少游同。

(10)"故人"二句:清王文诰《苏文忠公诗编注集成·总案》:"李公择自徐过淮上,而少游因携其书以来,故诗有'故人持节'二句。"又苏轼有《次韵秦观秀才见赠秦与孙莘老李公择甚熟将入京应举》诗,据此可知,少游谒苏轼如愿以偿,实出于孙莘老和李公择的引荐。故人,指李常(公择)。持节,古代使臣出行,执符节以为凭证。

(11)"天上"句:谓苏轼有异才。天上麒麟,《南史·徐陵传》:"年数岁,家人携以候沙门释宝志,宝志摩其顶曰:'天上石麒麟也。'"漫,徒然,空自。

(12)"河东"句:唐薛收、收族兄薛德音及从兄子薛元敬,俱有文才,因其为蒲州汾阴人,属河东道,时有"河东三凤"之称。见《新唐书·薛收传》。鸑鷟(yuè zhú),凤凰一类的鸟。《国语·周语上》:"周之兴也,鸑鷟鸣于岐山。"

(13)俗物:对世俗庸人的鄙称。

(14)"北斗":《新唐书·狄仁杰传》:"狄公之贤,北斗以南,一人而已。"

(15)八砖学士:《新唐书·李程传》:"李程字表臣,襄邑恭王神符五世孙也。……学士入署,常视日影为候,程性懒,日过八砖乃至,时号'八砖学士'。"

(16)五马使君:太守的代称。古乐府《日出东南隅行》:"使君从南来,五马立踟蹰。"

(17)黄尘:黄色的尘土。唐李贺《梦天》诗:"黄尘清水三山下,更变千年如走马。"冥冥:昏暗貌。《诗经·小雅·无将大车》:"无将大车,维尘冥冥。"郑玄笺:"冥冥者,蔽人目明,令无所见也。犹进举小人,蔽伤己之功德也。"

(18)盈虚:指盛衰、兴亡、穷通等,此指仕途穷达。熙宁四年

(1071),苏轼上书神宗,论朝政得失,忤王安石,自请外调任地方官。《庄子·秋水》:"察乎盈虚,故得而不喜,失而不忧。"

(19)据龟食蛤(gé):谓超然脱世,遨游四方。语见《淮南子·道应训》:"卢敖就而视之,方倦龟壳而食蛤蜊。"

(20)游汗漫:作世外之游,极言漫游之远。汗漫,漫无边际。《淮南子·俶真训》:"至德之世,甘暝于溷澖之域而徙倚于汗漫之宇。"苏辙《次韵秦观秀才携李公择书相访》诗自注:"秦君与家兄约,秋后再游彭城。"所谓"游汗漫",即指此。

泗州东城晚望

渺渺孤城白水环，　　舳舻人语夕霏间⁽¹⁾。
林梢一抹青如画⁽²⁾，　应是淮流转处山⁽³⁾。

【总说】

本诗作于元丰元年(1078)。据王宗稷《苏文公年谱》注引查慎行所作东坡《年表》，是岁少游赴京应举。夏，访苏轼于徐州。自徐州入汴，东归时过泗入淮。

傍晚时分，诗人站在城头眺望，河水绕城而去，作者思绪也随之流转远方。"林梢"二句，写出了诗人的独特感受，所谓"情以物迁，辞以情发"(《文心雕龙·物色》)。与少游同时诗人晁补之，他离开泗洲时作《赴广陵道中三首》，其中二句云"帆开朝日初生处，船转春山欲尽头。""船转春山"即"淮流转处山"，用"转"字皆妙。不同之处，一写船行时的感受，一写登望时的感受，少游着色更为鲜丽，用笔更为空灵。又少游二句似沿袭王建《江陵使至汝州》诗"日暮数峰青似染，商人说是汝州山"，秦诗翻陈出新，语意婉转，更带感情。

【注释】

(1) 舳舻(zhú lú)：船头和船尾，代指前后相接的船。晋郭璞《江赋》："舳舻相属，万里连樯。"夕霏：傍晚的雾霭。南朝宋谢灵运《石壁精舍还湖中作》诗："林壑敛暝色，云霞收夕霏。"

(2) 一抹：犹一片。

(3)淮流:淮河的水流。

【辑评】

[现代]程千帆、沈祖棻《古诗今选》:眼前环城的水是白的,远处淮河转弯处山上的树梢则抹上了一层青色,而在它们的上空,则是绚丽的云彩。大自然是,同时,诗人也是多么善于着色的画家,岂止一抹青林为如画而已。

[现代]钱仲联选、钱学增《宋诗三百首》:这首诗描写淮河下游水乡晚景,清丽如画。

[现代]金性尧《宋诗三百首》:诗人的故乡在淮水上,故自号淮海居士,难怪他在夕照之下,望着远处的隐约山峰,感情亦在悄悄流转了。

泊吴兴西观音院

金刹负城闉[1]，　阒然美栖止[2]。
卞山直穹窿[3]，　苕水相依倚[4]。
霜桧郁冥冥[5]，　海棕鲜薿薿[6]。
广除庇夏阴[7]，　飞栋明朝晷[8]。
溪光凫鹥边[9]，　天色菰蒲里[10]。
绪风传昼梵[11]，　璧月窥夜礼[12]。
洩云彗层空[13]，　规荷鉴幽沚[14]。
舻艎烟际下[15]，　钟磬林端起。
聱牙戏清深[16]，　嶔崟扑空紫[17]。
所遇信悠然，　此生如寄耳[18]。
志士耻沟渎[19]，　征夫念桑梓[20]。
揽衣轩槛间[21]，　啸歌何穷已。

【总说】

元丰二年(1079)夏四月,少游与参寥随苏轼南下,赴会稽省亲,途经吴兴(即湖州)作此。观音院在湖州城东,因奉观音像而得名。因屡焚于火,天圣三年(1025)承鉴真法师宿愿铸成铁观音像,号铁观音院。

从首句至"嶔崟"句,写舟泊观音院所见所闻,造境深幽,措辞雅饬,展示了一幅开阔悠闲的山水画卷。"所遇"句转入抒情,"志士"二句,乃一篇之警策。全诗工于写景,精于属对,反映了诗人高度写作技巧。

【注释】

(1) 金刹：宝塔，此指佛寺。唐李白《秋日登扬州西灵塔》诗："水摇金刹影，日动火珠光。"闉(yīn)：城内重门，泛指城郭。

(2) 阒(qù)：寂静。栖止：寄居停留。

(3) 卞山：即弁山，在湖州城西北。宋嘉泰《吴兴志》："弁山峻极，非清秋爽月不见其顶。"直：真。穹窿：高大貌。

(4) 苕水：即苕溪，有二源，出天目山之南为东苕，出天目山之北为西苕。两溪合流，入于太湖。依倚：依傍，依靠。

(5) 霜桧(guì)：经霜的桧树。桧，一种柏科常绿乔木。幼树叶似针，老树叶似鳞。郁：丛集茂密。《诗经·秦风·晨风》："鴥彼晨风，郁彼北林。"冥冥：幽深貌。唐张籍《猛虎行》："南山北山树冥冥。"

(6) 海棕：椰树的一种。唐杜甫《海棕行》："左县公馆清江滨，海棕一株高入云。"薿薿(nǐ)：茂盛貌。《诗经·小雅·甫田》："或耘或耔，黍稷薿薿。"

(7) 广除：宽阔的台阶。除，台阶。夏阴：夏日的背阴处。

(8) 飞栋：高耸的屋梁。三国魏曹植《赠徐幹》诗："春鸠鸣飞栋，流猋激欞轩。"朝晷(guǐ)：早晨的日影。

(9) 凫鹜(fú wù)：鸭子。《尔雅·释鸟》："舒凫鹜。"郭璞注："鸭也。"邢昺疏："野曰凫，家曰鹜。"

(10) 菰：一种生在池沼中的草本植物，嫩茎经菌类寄生后膨胀，即茭白。结实称菰米，可食。蒲：香蒲，一种生在水边或池沼中的草本植物，叶呈狭长线形，嫩芽可食，称蒲菜。南朝宋谢灵运《从斤竹涧越岭溪行》诗："蘋萍泛沉深，菰蒲冒清浅。"

(11) 绪风：馀风。《楚辞·九章·涉江》："乘鄂渚而反顾兮，欸秋冬之绪风。"昼焚：白天焚香。唐刘长卿《寄龙山道士许法稜》诗："林下昼焚香，桂花同寂寂。"

(12) 夜礼：夜晚礼佛诵经。唐白居易《戏赠礼经老僧》诗："香火一炉灯一盏，白头夜礼佛名经。"

(13) 泄云：飘散之云。晋左思《魏都赋》："穷岫泄云，日月恒翳。"彗：扫帚，引申为扫。

(14) 规荷：圆荷。沚(zhǐ)：水中小洲。

(15) 艅艎(yú huáng)：本春秋时吴国船名，后泛指大船。《左传·昭公十七年》："楚师继之，大败吴师，获其乘舟余皇。"余皇，后世写作"艅艎"。晋郭璞《江赋》："漂飞云，运艅艎。"

(16) 聱牙：徐《笺》："此指鱼类。《佩文韵府·六麻》引汪广洋《岭南诗》：'聱牙蛮蜒动成群。'案：'聱牙'不通。《文选·左思〈吴都赋〉》：'鱼鸟聱耴，万物蠢生。'李善注：'聱耴，众声也。'即指鱼鸟，义当本此。"又少游《汤泉赋》："焦溪乏胃蔓之饰，沸潭谢聱耴之游。"清深：指水。

(17) 嶔崟(qīn yín)：山势高峻的样子。汉张衡《思玄赋》："嘉曾氏之归耕兮，慕历阪之嶔崟。"空紫：指天空。

(18) "此生"句：三国魏曹丕《善哉行》："人生如寄，多忧何为。"

(19) "志士"句：《论语·子罕》："子曰：'微管仲，吾其被发左衽矣。岂若匹夫匹妇之为谅也，自经于沟渎而莫之知也。'"此用其意。沟渎，田间水道。

(20) 桑梓(zǐ)：桑树和梓树，代指故乡。《诗经·小雅·小弁》："维桑与梓，必恭敬止。"

(21) 轩楹：轩，窗。楹，厅堂的前柱。

【辑评】

[现代] 钱基博《中国文学史》第五编：(见《田园四首》辑评)

同子瞻端午日游诸寺分韵赋得深字

太史抱孤韵⁽¹⁾，　畅怀在登临。
别乘载邹枚⁽²⁾，　佳辰事幽寻。
参差水石瘦，　窅窕房栊深⁽³⁾。
清磬发疏箔⁽⁴⁾，　妙香横素襟⁽⁵⁾。
复登窣堵波⁽⁶⁾，　环回瞩嶔崟⁽⁷⁾。
双溪贯城郭，　暝色带孤禽⁽⁸⁾。
凉飙动爽籁⁽⁹⁾，　薄雨生微阴⁽¹⁰⁾。
尘想澹清涟⁽¹¹⁾，　牢愁洗芳斟⁽¹²⁾。
挥笺订往古，　援毫示来今⁽¹³⁾。
愧无刻烛敏，　续此金玉音⁽¹⁴⁾。

【总说】

本诗作于元丰二年（1079）。是年端午，少游与苏轼遍游湖州诸寺，少游分得"禅房花木深"之"深"字。诸寺，指观音院、玄妙观。又有飞英寺，中有塔。

当年汉梁孝王与邹阳、枚乘、司马相如同游兔园，成为美谈。少游随苏轼游吴兴诸寺，追踪前哲，亦成为雅事。苏轼《将之湖州戏赠莘老》诗云："馀杭自是山水窟，仄闻吴兴更清绝。""清绝"二字，概括了吴兴山水风光。少游此诗纵深写游寺所见所闻，诗笔与山水两清绝。

【注释】

(1) 太史：官名，史官之长。孤韵：独特的风度。南朝梁江淹《知己赋》："耸孤韵以风迈，骞逸气以烟翔。"

(2) 别乘：别驾的别称。别驾曾是州刺史的佐吏，此指州府长官的佐吏。唐岑参《送襄州任别驾》诗："别乘向襄州，萧条楚地秋。"邹枚：汉邹阳、枚乘的并称，两人皆以文学才辩著名。唐张说《药园宴武骆沙将军》诗："文学引邹枚，歌钟陈卫霍。"

(3) 窅(yǎo)窕：幽深貌。房栊：指房屋。晋张协《杂诗》之一："房栊无行迹，庭草萋以绿。"

(4) 疏箔：疏帘。宋强至《临洺驿雨中作》诗："多情北燕能傍人，如说春心绕疏箔。"

(5) 妙香：佛教谓殊妙的香气。唐杜甫《大云寺赞公房》诗："灯影照无睡，心清闻妙香。"素襟：平素的襟怀。晋陶渊明《乙巳岁三月为建威参军……》诗："一形似有制，素襟不可易。"

(6) 窣(sū)堵波：即佛塔。唐黄滔《大唐福州报恩定光多宝塔碑记》："释之西天谓之窣堵波，中华谓之塔。塔制以层，增其敬也。"

(7) 嶔崟(qīn yín)：山势高峻的样子。

(8) 暝色：暮色。南朝宋谢灵运《石壁精舍还湖中作》诗："林壑敛暝色，云霞收夕霏。"

(9) 爽籁：秋天大自然发出的各种声响。晋殷仲文《南州桓公九井作》诗："爽籁警幽律，哀壑叩虚牝。"

(10) 微阴：轻微的阴凉。

(11) 尘想：犹俗念。晋陶潜《归园田居》诗："白日掩荆扉，虚室绝尘想。"清涟：清澈的水波。南朝宋谢灵运《过始宁墅》诗："白云抱幽石，绿筱媚清涟。"

(12) 牢愁：忧愁。唐陆龟蒙《纪事》诗："感物动牢愁，愤时频肮髒。"

(13)"挥箑(shà)"二句:谓相与评论古今之事,分题赋得之韵。箑,扇子。扬雄《方言》:"自关而东谓之箑,自关而西谓之扇。"订,平议。援毫,执笔。往古、来今:《尸子》:"上下四方曰宇,往古来今曰宙。"

(14)"愧无"二句:此少游自谦才思不及东坡敏捷。刻烛,《南史·王僧孺传》:"竟陵王子良尝夜集学士,刻烛为诗,四韵者则刻一寸,以此为率。文琰曰:'顿烧一寸烛,而成四韵诗,何难之有。'"金玉音,《诗经·小雅·白驹》:"毋金玉尔音,而有遐心。"

游 鉴 湖

画舫珠帘出缭墙⁽¹⁾,天风吹到芰荷乡⁽²⁾。
水光入座杯盘莹⁽³⁾,花气侵人笑语香⁽⁴⁾。
翡翠侧身窥渌酒⁽⁵⁾,蜻蜓偷眼避红妆⁽⁶⁾。
葡萄力缓单衣怯⁽⁷⁾,始信湖中五月凉⁽⁸⁾。

【总说】

　　本诗元丰二年(1079)五月作于会稽。鉴湖,即镜湖。《会稽志》卷十:"在县东二里,故南湖也。一名长湖,又名大湖。《通典》云:东溪永和五年,太守马臻始筑塘立湖,周三百十里,溉田九千余顷,人获其利。王逸少又云:'山阴路上行,如在镜中游。'镜湖之得名以此。《舆地志》:山阴南湖,萦带郊郭,白水翠岩,互相映发,若镜若图。"少游《怀乐安蒋公唱和诗序》:"会稽之为镇旧矣,岂唯山川形势之盛,实控扼于东南哉!其胜游珍观,相望乎枫柟竹箭之上,枕带乎藻荇芙藻之滨,可以从事云月优游而忘年者,殆亦非他州所。而卧龙山、鉴湖,尤为一郡佳处。"

　　少游早年寝馈于杜诗,称杜甫"穷高妙之格,极豪逸之气,包冲澹之趣,兼峻洁之姿,备藻丽之态"(《韩愈论》)。此诗多用杜甫词汇,"翡翠侧身窥渌酒,蜻蜓偷眼避红妆"二句,尤为突出。通过鸟和虫的一窥一避,以衬托酒之绿、人之艳。诗人体物之细微,遣词之精致,深得老杜"藻丽之态"。

【注释】

(1) 缭墙：围墙。唐杜牧《华清宫三十韵》："绣岭明珠殿，层峦下缭墙。"

(2) 芰(jì)荷：指菱叶与荷叶。唐罗隐《宿荆州江陵驿》诗："风动芰荷香四散，月明楼阁影相侵。"

(3) 莹：光洁闪亮。中古"莹"字有平声、去声二音，此读去声。

(4) "花气"句：唐杜甫《即事》诗："雷声忽送千峰雨，花气浑如百和香。"

(5) 翡翠：翡翠鸟，一种小型水鸟，羽毛主要是蓝绿色，喙长而直。唐杜甫《秦州杂诗二十首》之十七："鸲鹆窥浅井，蚯蚓上深堂。"此用其意。

(6) "蜻蜓"句：唐杜甫《风雨看舟前落花戏为新句》诗："蜜蜂蝴蝶生情性，偷眼蜻蜓避伯劳。"

(7) 葡萄：指葡萄酒。

(8) "始信"句：唐杜甫《壮游》诗："越女天下白，鉴湖五月凉。"

【辑评】

［宋］何汶《竹庄诗话》卷二十四引《漫斋语录》：少游善取古人意，语云古诗"拂石生来衫袖冷，踏花归去马蹄香"，少游乃有"水光照坐杯盘洁，花气侵人笑语香"之句。

［宋］魏庆之《诗人玉屑》卷十八引《雪浪斋日记》：少游诗甚丽，如"翡翠侧身窥绿酒，蜻蜓偷眼避红妆"，又"海棠花发麝香眠"，又"青虫相对吐秋丝"之句是也。

［宋］喻良能《读淮海集》诗：五言未数韦应物，八面须还秦少游。花气湖光吟鉴水，雷推雨苞赋黄楼。

［明］瞿佑《归田诗话》卷中："闭门觅句陈无己，对客挥毫秦少游"，山谷诗，喻二人才思迟速之异也。后山诗如"坏墙得雨蜗成字，古屋无人燕作家"，寥落之状可想。淮海诗如"翡翠侧身窥绿酒，

蜻蜓偷眼避红妆"，艳冶之情可见。二人他作亦多类此。后山宿斋宫，骤寒，或送绵半臂，却之不服，竟感疾而终。淮海谪藤州，以玉盂汲水，笑视而卒。二人临终，屯泰不同又如此，信乎各有造物也。

［明］徐伯龄《蟫精隽》卷九：宋淮海秦少游观，工于词，《古今词话》言之悉矣。而其诗律，纤秾艳巧，故时人有苏东坡词似诗，秦淮海诗似词之语。其《游鉴湖》诗云（略），"翡翠"、"蜻蜓"之句，俊词也，可谓镂冰翦水者矣。

荷 花

方塘收雨脚，　　落日半遥岑(1)。
芙蕖净娟娟(2)，　　丽服抚翠衾(3)。
无言意自远，　　欲渡秋水深。
缅怀平生人，　　对此讵可寻？
弄芳惜晼晚(4)，　　酒至谁与斟？
天涯有归云，　　聊寄相思心(5)。
心开获清赏(6)，　　芙蕖一何绮(7)！
美人艳新妆(8)，　　敛袂照秋水(9)。
端如荡子妻(10)，　　顾自良家子(11)。
黄金选燕赵(12)，　　摇落对江沚(13)。
薄暮风雨来(14)，　　独立泪如洗。
望君君讵知(15)，　　倾宫定谁似(16)？

【总说】

本诗元丰二年（1079）秋作于会稽。一个秋天傍晚，诗人漫步方塘，见雨后荷花如出浴美人，更为靓丽多姿。"天涯"二句，寄思乡之情。"黄金"二句，寓身世之感。全诗笔致淡雅，情感深沉。

【注释】

（1）"落日"句：谓远山落日半隐半现。南朝宋谢灵运《游南亭》诗："密林含馀清，远峰隐半规。"遥岑：远山。唐韩愈、孟郊《城南联句》诗："遥岑出寸碧，远目增双明。"

(2)芙蕖:荷花。娟娟:美好的样子。唐杜甫《狂夫》诗:"风含翠筿娟娟净,雨裛红蕖冉冉香。"

(3)丽服:指荷花的花朵。翠衾(qīn):翠被,此代指荷叶。

(4)晼(wǎn)晚:太阳将落。《楚辞·九辩》:"白日晼晚其将入兮,明月销铄而减毁。"

(5)"天涯"二句:《楚辞·九章·思美人》:"愿寄言于浮云兮,遇丰隆而不将。"晋陆机《拟行行重行行》诗:"惊飙褰反信,归云难寄音。"此反其意,谓行云可寄托相思。

(6)清赏:清雅的景物。唐李白《下寻阳城泛彭蠡寄黄判官》诗:"名山发佳兴,清赏亦何穷。"

(7)一何绮:多么绮丽。一何,多么。晋陆机《拟青青陵上柏》诗:"名都一何绮,城阙郁盘桓。"

(8)美人:此代指荷花。

(9)敛袂(mèi):整饬衣袖,表示恭敬。宋习衍《代意》诗:"蕙时芳夕九回肠,敛袂东窗待晓光。"

(10)端如:真如。荡子:游子。《古诗十九首》之二:"昔为倡家女,今为荡子妇。"李善注:"《列子》曰:有人去乡土游于四方而不归者,世谓之为狂荡之人也。"

(11)顾自:自念。良家子:谓出身良家的子女。隋薛道衡《昭君辞》:"我本良家子,充选入椒庭。"

(12)"黄金"句:战国时燕昭王在易水筑高台,置千金于台上,延请天下贤士,见《战国策·燕策》。此处谓以重金选取美女。燕(yān)赵,指燕、赵之地(今河北北部、山西西部一带)的美女。《古诗十九首》:"燕赵多佳人,美者颜如玉。"

(13)摇落:零落。《楚辞·九辩》:"悲哉秋之为气也,萧瑟兮草木摇落而变衰。"沚(zhǐ):江中小洲。

(14)薄暮:傍晚。

(15) 讵:岂。

(16)"倾宫"句:谓全宫之美人究竟谁相似呢?倾宫,全宫。

【辑评】

　　[明]段斐君本《淮海集》徐渭眉批:"无言意自远"二句,意致淡远。

　　[现代]钱基博《中国文学史》第五编:(见《田居四首》辑评)

　　[现代]徐培均《少游岂尽女郎诗》:像《荷花》一首,不仅描绘了雨后荷花的娟净,而且借以抒怀人之思,寓无俪之感。诗中从荷花写到美人,因为二者都具有美艳的特质,因此令人感到自然贴切。再从美人寄寓诗人身世之感,则又符合自屈原以来的比兴传统。用语虽较婉丽,意致却很淡远。

霅 上 感 怀

七年三过白蘋洲⁽¹⁾，　长与诸豪载酒游⁽²⁾。
旧事欲寻无处问⁽³⁾，　雨荷风蓼不胜秋⁽⁴⁾。

【总说】

本诗作于元丰二年(1079)。是年五月初，少游随苏轼同舟到湖州，之后往越省亲。不久，乌台诗案发，诗人赶赴湖州，确信苏轼被诏狱，感怀而作。霅(zhá)上，湖州的别称。霅，霅溪，在今浙江湖州南。

昔年载酒论文，是何等快意。今日人非物是，又何等怆情。诗以景语作结，不胜秋，即指时节之秋，又指心上之秋，王勃所谓"悲夫！秋者愁也"(《秋日游莲池序》)。

【注释】

(1)"七年"句：徐《笺》："熙宁四年(1071)孙莘老守吴兴时，为初过；熙宁七年之九年李公择守吴兴时，为二过；元丰二年(1079)五月随东坡、参寥南来，是为三过。"白蘋洲，《太平寰宇记》卷九十四："白蘋洲，在霅溪之东南，去州一里。州上有鲁公颜真卿芳亭，内有梁太守柳恽诗云：'江州采白蘋，日晚江南春。'因以为名。"白蘋，一种水中浮草。

(2)"长与"句：谓从孙莘老、苏轼等诸公游学。《汉书·扬雄传》："雄以病免，复召为大夫。家素贫，耆(嗜)酒，人希至其门。时有好事者载酒肴从游学,而钜鹿侯芭常从雄居,受其《太玄》、《法言》焉。"唐张说《出湖寄赵冬曦》诗:"何时与美人,载酒游宛洛。"

(3)"旧事"句:宋苏轼《江城子·孤山竹阁送述古》词:"欲棹小舟寻旧事,无处问,水连天。"此用其语。

(4)"雨荷"句:宋苏轼《泛舟城南会者五人分韵赋诗……》之一:"绕郭荷花一千顷,谁知六月下塘春。"查慎行《苏诗补注》:"《吴兴掌故集》引姜白石云:吴兴号水晶宫。荷花极盛。陈简斋词云:'今年何以报君恩,一路荷花相送到青墩。'亦可见矣。"同时贺铸《浣溪沙》词云:"重访旧游人不见,雨荷风蓼夕阳天。"与秦诗句意相似。

【辑评】

[现代] 徐培均《少游芑尽女郎诗》:值得一提的是《霅上感怀》这首七绝。……以高度凝练的手法,寄托了对往日与孙莘老、李公择及苏轼等人载酒论文的怀念,表达了对苏轼蒙受冤狱的同情。

别贾耘老

若有人兮雪之滨⁽¹⁾，服火齐兮冠切云⁽²⁾。
有才不为世所抡⁽³⁾，尽入诗句为奇新。
忘归繁弱不浪陈⁽⁴⁾，发必中的疑有神⁽⁵⁾。
目送飞鸟缗苍鳞⁽⁶⁾，俛仰自娱忘贱贫⁽⁷⁾。
繄我与君素参辰，孰为一见同天伦⁽⁸⁾？
共指飞光易沉沦⁽⁹⁾，莫若痛饮还我真⁽¹⁰⁾。
况有内子贤文君⁽¹¹⁾，终日叫呼不怒嗔⁽¹²⁾。
酒酣往往出前珍，瓦瓯竹箸羞青芹⁽¹³⁾。
左列文史右红裙，樽前不觉徂清晨⁽¹⁴⁾。
念我行当西道秦⁽¹⁵⁾，挐舟来别非所欣⁽¹⁶⁾。
欲托毫素通殷勤⁽¹⁷⁾，郢匠旁瞩难挥斤⁽¹⁸⁾。
人生百龄同臂伸⁽¹⁹⁾，断梗流萍暂相亲⁽²⁰⁾。
行行饮酒且勿云⁽²¹⁾，丈夫万里犹比邻⁽²²⁾。

【总说】

本诗作于元丰二年(1079)。是年少游赴越省亲，岁暮返里，途经吴兴时作。贾耘老，名收，乌程(今浙江湖州)人。有诗名，喜饮酒，其居有水阁，名"浮晖"。李公择知湖州、苏轼知杭州期间，与之游，唱酬甚多。

此诗前八句写贾耘老好奇服、善剑术、爱垂钓、忘贫贱，笔端人物脱俗可爱。欧阳修《梅圣俞诗集序》云："圣俞亦自以其不得志者，乐于诗而发之。"贾耘老亦不得志，同样以诗发抒怀抱，少游在激赏其诗之余,惋惜其才不用。接着写从不相识到相视莫逆,樽前痛饮到晓,所谓"酒逢知己千杯少"。最后写分别,"丈夫万里犹比邻",就题目收住,馀味无穷。此诗用柏梁体,句句用韵,一韵到底,别具声韵之美。

【注释】

(1)"若有"句:《楚辞·九歌·山鬼》:"若有人兮山之阿,被薜荔兮带女萝。"少游仿其句。霅(zhá),即霅溪,在今浙江湖州南。

(2)"服火齐"句:此以服饰之奇异,喻寄赠对象之志行高洁。火齐,火齐珠。汉张衡《西京赋》:"翡翠火齐,络以美玉。"李善注:"火齐,玫瑰珠也。"冠,此作动词,戴帽子。切云,切云冠,古代一种高耸的帽子;切云,摩云。《楚辞·九章·涉江》:"带长铗之陆离兮,冠切云之崔嵬。"

(3)抡:选择。《周礼·地官·山虞》:"凡邦工入山林而抡材,不禁。"

(4)忘归:古良箭名。繁弱:古良弓名。《公孙龙子·迹府》:"龙闻楚王张繁弱之弓,载忘归之矢,以射蛟兕于云梦之圃。"

(5)中的(dì):射中靶心。《韩非子·用人》:"发矢中的,赏罚当符。"有神:有神助。唐杜甫《奉赠韦左丞丈二十二韵》:"读书破万卷,下笔如有神。"

(6)目关:目及。缗(mín)苍鳞:钓鱼。缗,钓丝,此作动词。《诗经·召南·何彼襛矣》:"其钓维何,维丝伊缗。"

(7)俛(fǔ)仰:同"俯仰"。忘贱贫:《楚辞·九章·惜诵》:"思君其莫我忠兮,忽忘身之贱贫。"苏轼被贬黄州后,曾致信给湖州太守刁景纯云:"耘老病而贫,必赐清顾,幸甚。"

(8)"繄(yī)我"二句:谓过去不相识,好似参辰;一旦相识,视如兄弟。繄,语助词,无义。《左传·隐公元年》:"尔有母遗,繄我独无。"杜预注:"繁,语助。"参(sēn)辰,参星和辰星,一在西方,一在东方,出没各不相见。天伦,天然伦次,指兄弟。《穀梁传·隐公元年》:"兄弟,天伦也。"

(9)飞光:飞逝的光阴。南朝梁沈约《宿东园》诗:"飞光忽我遒,岂止岁云暮。"

(10)痛饮:尽情饮酒。唐杜甫《醉时歌》:"忘形到尔汝,痛饮真吾师。"真:本真。

(11)文君:指卓文君。据《史记·司马相如列传》,卓文君投司马相如,"家徒四壁立",便与相如一起到临邛,"尽卖其车骑,买一酒舍酤酒","文君当鑪(垆),相如身自著犊鼻裈,与保佣杂作。"

(12)怒嗔(chēn):发怒。

(13)瓦瓯:陶制的小盆子。唐杜荀鹤《溪兴》诗:"山雨溪风卷钓丝,瓦瓯篷底独酌时。"竹筯(zhù):竹筷子。唐白居易《过李生》诗:"白瓯青竹筯,俭洁无膻腥。"羞:进献食物。青芹:喻微薄之物,此指简陋的食物。唐殷尧藩《访许浑》诗:"为言共流连饮,涧有青芹罟有鱼。"

(14)徂(cú):及,至。《诗经·周颂·丝衣》:"自堂徂基,自羊徂牛。"王引之《经传释词》:"徂,亦及也。"

(15)秦:指秦邮,高邮别称。

(16)拏(ná)舟:撑船。唐李贺《白虎行》:"烧丹未得不死药,拏舟海上寻神仙。"

(17)毫素:笔和纸。南朝宋颜延之《向常侍》诗:"向秀甘淡薄,深心托豪素。"通殷勤:通心意。汉繁钦《定情诗》:"何以致殷勤?约指一双银。"

(18)"郢匠"句:言高手在前,难以下笔。郢匠,战国时楚都郢中的巧匠,名石。斤,斧子。《庄子·徐无鬼》:"郢人垩漫其鼻端,若蝇翼,使匠石斫之。匠石运斤成风,听而斫之,尽垩而鼻不伤,郢人立不失容。"

(19)"人生"句：此以手臂之屈伸，极言人生之短暂。宋苏轼《吊天竺海月辩师三首》之二："生死犹如臂屈伸，情钟我辈一酸辛。"查慎行《苏诗补注》："《十六观行经》云：譬如壮士，屈伸臂顷，即生西方。"

(20)断梗流萍：比喻漂泊不定。

(21)行行：表示情况进展。晋陶渊明《饮酒》诗之十六："行行向不惑，淹留遂不成。"

(22)"丈夫"句：三国魏曹植《赠白马王彪》诗："丈夫志四海，万里犹比邻。"此用其语。

次韵参寥见别

炉香冉冉纡寒穗⁽¹⁾，篝火荧荧擢夜芒⁽²⁾。
预想江天回首处，　雪风横急雁声长⁽³⁾。

【总说】

本诗作于元丰二年(1079)。是年少游如越省亲，岁暮，由越返里，途经杭州，与参寥作诗赠别。参寥，即道潜，北宋诗僧，本姓何，字参寥，赐号妙总大师。於潜(今浙江临安)人。自幼出家，与苏轼、秦观交好。

前二句写寒夜叙别。炉香盘穗，说明晤谈已久；篝火擢芒，说明夜色很深。后二句预想江天分别，雪风凛冽，雁声嘹唳，情何以堪。孟浩然《唐城馆中早发寄杨使君》诗："欲识离魂断，长空听雁声。"诗人亦以雁声渲染别情，虽不用离愁字眼，但离愁在雁声中透露出来。全诗句句写景，于景物中寓情无限。

【注释】

(1)"炉香"句：言香烟缭绕如穗状。纡，屈曲。
(2)"篝火"句：言篝灯闪射光芒。篝火，即篝灯，谓置灯于竹笼中。宋王安石《寄张先郎中》诗："篝火尚能书细字，邮筒还肯寄新诗。"擢，拔。芒，光芒。晋潘岳《射雉赋》："麦渐渐以擢芒，雉鷕鷕而朝鸲。"
(3)"雪风"句：唐齐己《楚寺寒夜作》诗："水寺闲来僧寂寂，雪风吹去雁嗷嗷。"此用其语。

次韵子由召伯埭见别三首

其 一

孤篷短榜沂河流⁽¹⁾，无赖寒侵紫绮裘⁽²⁾。
召伯埭南春欲尽，为公重赋畔牢愁⁽³⁾。

其 二

青荧灯火照深更⁽⁴⁾，逐客舟航冷似冰⁽⁵⁾。
到处故应山作主，随方还有月为朋⁽⁶⁾。

其 三

冠盖纷纷不我谋⁽⁷⁾，掩关聊与古人游⁽⁸⁾。
会须匹马淮西去，云巘风溪遂所求⁽⁹⁾。

【总说】

本诗作于元丰三年（1080）。本年寒食节前，苏辙贬监筠州酒税，途经高邮，少游款待甚殷，相从两日后，又相送到邵伯埭。苏辙作《高邮别秦观》诗为谢，少游和之。召伯埭（dài），今扬州市邵伯镇。

前二首写苏辙身为逐客，少游不以为嫌。"为公重赋畔牢愁"，既寄予同情；有"山作主"、"月为朋"，又给予慰藉。第三首写自己或闭门读书,或乘马访友,不受仕宦羁绁的闲适心情。

【注释】

(1)孤篷:孤舟。短榜:短桨。泝(sù):即"溯",逆水而上。

(2)无赖:指令人讨厌的。紫绮裘:唐李白《金陵江上遇蓬池隐者》诗:"解我紫绮裘,且换金陵酒。"

(3)畔牢愁:汉扬雄仿《楚辞》所作篇名,已佚。《汉书·扬雄传》:"又旁《惜诵》以下至《怀沙》一卷,名曰《畔牢愁》。"颜师古注引李奇:"畔,离也。牢,聊也。与君相离,愁而无聊也。"唐刘禹锡《和苏郎中寻丰安里旧居寄主客张郎中》诗:"旧隐来寻通德里,新篇写出畔牢愁。"

(4)青荧:灯光闪映貌。唐王适《江上有怀》诗:"寂寥金屏空自掩,青荧银烛不生光。"

(5)逐客:指被贬谪边远地区的人。此谓苏辙因其兄苏轼乌台诗案陷诏狱,上书以现任官职代赎罪,因此贬为监筠州盐酒税。唐杜甫《梦李白二首》之一:"江南瘴疠地,逐客无消息。"

(6)"到处"二句:宋苏轼《越州张中舍寿乐堂》诗:"笋如玉箸椹如簪,强饮且为山作主。"《南史·谢南传》:"入吾室者,但有清风;对吾饮者,唯当明月。"随方,不拘何方,与"到处"意同。

(7)冠盖:古代官吏的冠服和车乘,借指贵官。唐杜甫《梦李白》诗:"冠盖满京华,斯人独憔悴。"不我谋:不与我合。

(8)掩关:闭门。与古人游:谓读古人书如与古人游。《庄子·人间世》:"为人之所为者,人亦无疵焉,是之谓与人为徒。成而上比者,与古为徒。"

(9)"会须"二句:少游准备访苏轼于黄州或滁州,故云。会须,应须,含有将然语气。唐贯休《休粮僧》诗:"会须得此术,相共老山丘。"淮西,淮南西路,今江淮地区。云巘(yǎn),高耸入云的山峰。少游《与李德叟简》云:"秋间本欲一至黄州,过舒奉见。"又《与参寥大师简》云:"昨闻苏就移滁州,然未知实耗,果然,甚易谋见也。盖此去滁才三程,公便可辍四明之游,来此偕往,琅琊山水亦不减雪窦、天童之胜。"

次韵子由题平山堂 　广陵五题

栋宇高开古寺间，　　尽收佳处入雕栏。
山浮海上青螺远，　　天转江南碧玉宽⁽¹⁾。
雨槛幽花滋浅泪⁽²⁾，风卮清酒涨微澜⁽³⁾。
游人若论登临美，　　须作淮东第一观⁽⁴⁾。

【总说】

本诗作于元丰三年(1080)。是年春苏辙有《扬州五咏》，所咏为九曲池、平山堂、蜀井、摘星亭、光华塔五处名胜古迹。少游次其韵，此选题平山堂一首。苏辙，字子由，号颍滨遗老，苏轼之弟。《方舆胜览》卷四十四："平山堂在州城西北大明寺侧。庆历八年二月，欧阳公来牧是邦，为堂于大明寺庭之坤隅，江南诸山，拱列檐下，若可攀取，因目之曰平山堂。"少游《与李乐天简》："时复扁舟，循邗沟而南，以适广陵，泛九曲池，访隋氏陈迹，入大明寺，饮蜀井，上平山堂，折欧阳文忠所种柳，而诵其所赋诗，为之喟然以叹。遂登摘星寺。寺，迷楼故址也，其地最高，金陵、海门诸山，历历皆在履下。"

首联写平山堂高踞蜀冈，佳处尽收眼底。颔联写远眺，"青螺"状山之美，"碧玉"言水之美。一个"浮"字，写山光缥缈，意境深幽；一个"转"字，写江流浩荡，气象雄浑。颈联写花添美景，酒助游兴。尾联归结登临之美，少游以"淮东第一观"加以赞颂。后人将此五字刻石，成为扬州大明寺一大人文景观。

【注释】

(1)"山浮"二句:写金山、焦山与大江景色。周必大《二老堂杂志》:"金山在京口江心,号龙游寺,登妙高峰,望焦山、海门皆历历。此山大江环绕,每风涛四起,势欲飞动,故南朝谓之玉浮山。"青螺,喻山峰。唐刘禹锡《望洞庭》诗:"遥望洞庭山水翠,白银盘里一青螺。"碧玉,喻江水。唐李白《忆旧游寄谯郡元参军》诗:"时时出向城西曲,晋祠流水如碧玉。"按苏轼《蝶恋花·京口得乡书》词"北固山前三面水,碧琼梳拥青螺髻",与此二句比喻相同。

(2)雨槛(jiàn):雨中的栏杆。按,此处的栏杆应是平山堂下面的栏杆,与第二句的"雕栏"有别。唐杜甫《水阁朝霁奉简云安严明府》诗:"雨槛卧花丛,风床展书卷。"滋浅泪:形容雨打幽花的景象。

(3)风卮(zhī):风中的酒杯。卮,一种酒器。

(4)"须作"句:谓此地应当视为淮东第一名胜。淮东,淮南东路,宋地方行政区,治所在扬州。

【辑评】

[现代]金性尧《宋诗三百首》:三、四两句承上写景,即是凭栏所见的"佳处",紧接"破题"。五、六两句写风雨中登临之趣,亦即"转"。雨是细雨,故曰浅泪,风是轻风,故曰微澜。用字精致,但亦纤巧,正是秦诗的两方面特点。

[现代]孙望、常国武主编《宋代文学史》:秦观诗中数量最多的题材是咏写山水景物和朋辈之间的酬赠唱和。如《与子瞻会松江得浪字》云:"漫然衔洞庭,领略非一状。恍如阵平野,万马攒穹帐。离离云抹山,窅窅天粘浪。"描绘江湖的浩渺景象,境界颇为壮阔。又如《次韵子由题平山堂》:"栋宇高开古寺间,尽收佳处入雕栏。山浮海上青螺远,天转江南碧玉宽。"于高远气象中,自饶清隽秀逸之致。

和黄法曹忆建溪梅花

海陵参军不枯槁，　　醉忆梅花愁绝倒[1]。
为怜一树傍寒溪，　　花水多情自相恼[2]。
清泪斑斑知有恨[3]，　恨春相逢苦不早。
甘心结子待君来[4]，　洗雨梳风为谁好？
谁云广平心似铁[5]，　不惜珠玑与挥扫。
月落参横画角哀[6]，　暗香销尽令人老[7]。
天分四时不相贷，　　孤芳转盼同衰草[8]。
要须健步远移归，　　乱插繁华向晴昊[9]。

【总说】

　　本诗作于元丰三年（1080）。黄法曹，指黄子理，福建浦城人，时为海陵（治今江苏泰州）司法参军，掌管司法。建溪，位于福建闽江的北源。

　　咏梅离不开"影"和"香"，少游此诗亦然。"花水多情自相恼"，即"照花前后镜，人面交相映"（温庭筠《菩萨蛮》），一为人照镜，一为花照水，但顾影自怜、孤芳自赏则相同。"月落"二句，即"暗香浮动月黄昏"，一写暗香浮动，一写暗香销尽，但后者写花易零落，人易衰老，情感更为深沉。故末两句有移插梅花之盼，诗人惜花之情可见。

【注释】

　　（1）枯槁：谓穷困潦倒。《庄子·天下》："虽然，墨子真天下之好也，将求之不得也，虽枯槁不舍也。"晋陶潜《饮酒》诗之十一："虽留身后名,一生亦枯槁。"愁绝倒:指黄子理忆梅花为人所不及。绝倒,佩服之极。唐杜甫《苏端薛复筵简薛华醉歌》诗有"何刘沈谢力未工,才兼鲍昭愁绝倒"、"少年努力纵谈笑,看我形容已枯槁"之句,此用其语。

(2)"花水"句:唐杜甫《江畔独步寻花七绝句》之一:"江上被花恼不彻,无处告诉只颠狂。"恼,引逗,撩拨。

(3)清泪:此指梅花上的雨水。唐李贺《金铜仙人辞汉歌》:"空将汉月出宫门,忆君清泪如铅水。"

(4)"甘心"句:此亦表相见恨晚之意。《唐摭言》:"杜牧佐宣城幕,游湖州,刺史崔君张水戏,使州人毕观,令牧闲行阅奇丽,得垂髫者十余岁。后十四年,牧刺湖州,其人已嫁生子矣,乃怅然而为《叹花》诗曰:'自是寻芳到已迟,往年曾见未开时。如今风摆花狼藉,绿叶成阴子满枝。'"

(5)"谁云"二句:言唐朝名相宋璟虽是铁石心肠,亦钟情于梅花。广平,指宋璟,唐玄宗时名相,耿介有大节,以刚正不阿著称于世,封广平郡公。唐皮日休《桃花赋序》:"余尝慕宋广平之为相,贞姿劲质,刚态毅状,疑其铁肠石心,不解吐婉媚辞。然睹其文而有《梅花赋》,清便富艳,得南朝徐庾体,殊不类其为人也。"珠玑,比喻诗文美好。

(6)月落参(sēn)横:吴曾《能改斋漫录》卷六:"秦少游《和黄法曹梅花》诗:'月落参横画角哀,暗香销尽令人老。'世谓少游用《古善哉行》云:'月没参横,北斗阑干。亲友在门,忘寝与餐。'按《异人录》载:'隋开皇中,赵师雄游罗浮。一日,天寒日暮,于松林间酒肆旁舍见美人,淡妆素服出迎。时已昏黑,残雪未消,月色微明。师雄与语,言极清丽,芳香袭人。因与之叩酒家门共饮,少顷,一绿衣童来,笑歌戏舞。师雄醉寝,但觉风寒相袭。久之,东方已白,起视乃在大梅花树下。上有翠羽啾嘈,相顾月落参横,但惆怅而已。'乃知少游实用此事。"参,星宿名。

(7)暗香:宋林和靖《山园小梅》诗:"疏影横斜水清浅,暗香浮动月黄昏。"令人老:《古诗十九首》之一:"思君令人老,岁月忽已晚。"

(8)"天分"二句:谓时不我待,赏花及时。唐杜甫《醉为马坠诸公携酒相看》诗:"共指西日不相贷,喧呼且覆杯中渌。"贷,借。转盼,转眼一瞬间。

(9)"要须"二句:唐杜甫《苏端薛复筵简薛华醉歌》诗:"安得健步移远梅,乱插繁花向晴昊。"要须,应须,必须。昊(hào),上天。

【辑评】

[宋]惠洪《跋石台肱禅师所蓄草圣》卷二十七:少游此诗,荆公自书于纨扇,盖其胜妙之极,收拾春色于语言中而已。及东坡和之,如语中出春色。山谷草圣不数张长史、素道人,遂书两诗于华光梅花树下,可谓四绝。予不晓草字,开卷但见其雷砰电射,揭地祇而西七曜耳。吁哉,异也! 政当送与龙安照禅师,使一读之。

[宋]胡仔《苕溪渔隐丛话》后集卷四:秦太虚《和黄法曹忆梅花》诗,但只平稳,亦无惊人语。子瞻继之,以唱首第二韵是"倒"字,故有"西湖处士骨应槁,只有此诗君压倒"之句,亦是趁韵而已,非谓太虚此诗真能压倒林逋也。林逋"疏影横斜水清浅,暗香浮动月黄昏"之句,古今诗人,尚不曾道得到,第恐未易压倒耳。后人不细味太虚诗,遂谓诚然,过矣。

[宋]蔡正孙《诗林广记》后集卷八:"少游此诗,东坡谓其压倒林逋。观其称许之辞,则爱重之意可见矣。"

[现代]徐培均、罗立刚《秦观诗词文选评》:在这首和诗中,作者尽情体贴黄子理的心情,以"恨"字统领,先写他念梅,继写他画梅,再写他恋梅、惜梅,最后以归家寻梅作结,将黄子理对梅的一往深情写出,以梅之风标,见人之精神。诗用响韵,虽是古体,却为整齐七古,读来琅琅上口。特别是首四句中三句用韵,后二句继而以"恨"字为顶针格,使诗显得尤为旖旎婉媚,摇曳多姿。

次韵酬徐仲车见寄

渭清非胜泾⁽¹⁾，兰芳本无慕⁽²⁾。
我生季叶中⁽³⁾，乃与古人遇⁽⁴⁾。
职当供洒扫⁽⁵⁾，匏系愧迟暮⁽⁶⁾。
来章感存没⁽⁷⁾，三读泪如注⁽⁸⁾。

【总说】

本诗作于元丰三年(1080)。徐仲车，名积，楚州山阳(今江苏淮安)人。孝行出于天禀。三岁父殁，事母至孝，母亡，庐墓三年。初从胡瑗学。治平间成进士。神宗数召对，以耳聋不能仕，屏处乡里。元祐初近臣交荐其孝廉文学，乃以扬州司户参军、楚州教授，转和州防御推官，改宣德郎。有《节孝集》。以孝行闻名乡里，被列入《宋史·卓行传》。

少游另一首诗说："古人骨已朽，来者复谁继？仲车天下士，固非许丞类。"蔡彦规，徐仲车《哭彦规七首序》称其"文名冠其东南之秀"，又称"古人如此稀"。少游此诗表示，生于末世，能与徐、蔡这样的古人相遇，颇感幸运。是年蔡彦规殁于关中，徐仲车来诗提及此事，故次韵兼及伤逝。"来章感存没，三读泪如注"，写心中的古人一存一殁，感人至深。

【注释】

(1)"渭清"句：谓渭水自清，非谓胜过泾水之浊。语出《诗经·邶风·谷风》："泾以渭浊，湜湜其沚。"毛传："泾渭相入，而清浊异。"渭清,喻人品之高洁。

(2)"兰芳"句:谓兰花自芳,本与爱慕无关。兰芳,亦喻人品之高洁。《楚辞·招魂》:"结撰至思,兰芳假些。"王逸注:"兰芳,以喻贤人。"少游《与苏子由著作简》:"古语有之:'兰生幽谷,不为莫服而不芳。'某虽不敏,窃事斯语。"

(3)季叶:犹末世。

(4)古人:指徐仲车、蔡彦规。少游《徐仲车食于学官吏或以为不可欲罢去之太守不听礼遇如初感之而作》诗云:"古人骨已朽,来者复谁继?仲车天下士,固非许丞类。至行通神明,问学有根柢。"仲车《寄秦少游太虚》诗亦云:"子用心于我,知者蔡彦规。彦规今死矣,谁能述所为?若说子用心,古人如此稀。"

(5)职当:正当。洒扫:洒水扫地。《论语·子张》:"子夏之门人小子,当洒扫应对进退,则可矣。"

(6)匏(páo)系:比喻拘滞一处。此时少游尚未入仕,故云。匏,即匏瓜,葫芦的一种,味苦不能食。《论语·阳货》:"吾岂匏瓜也哉!焉能系而不食?"又少游《书辋川图后》:"幅巾杖屦,棋弈茗饮,或赋诗自娱,忘其身之匏系于汝南也。"迟暮,年老。《楚辞·离骚》:"唯草木之零落兮,恐美人之迟暮。"

(7)来章:指徐仲车《寄秦少游太虚》诗中提及蔡彦规之死。少游《与参寥大师简》:"蔡彦规已卒关中,今归葬山阳,可伤!朋友凋落如此。"亦提及蔡彦规之死。存没:唐杜甫有《存殁口号》诗,诗中一写存,一写殁,此用其意。没,同"殁",死。

(8)泪如注:形容伤恸之深。《世说新语·言语》:"声如震雷破山,泪如倾河注海。"

题东坡墨竹图

叶密雨偏重， 枝垂雾不消。
会看晴日里⁽¹⁾，依旧拂云霄⁽²⁾。

【总说】

　　此诗《淮海集》未收。见徐培均先生《淮海集笺注》重印后记。徐先生后记云："1996年12月21日,我在访台期间参观了故宫博物院。此次展出主题为罗家伦夫人张维桢女士捐赠之文物。我不仅看到了东坡《前赤壁赋》真迹,还意外发现一幅东坡的《墨竹图》,右上方为东坡题识:'元丰三年正月轼为子明秘校。'其时当在'乌台诗案'出狱后不久。子明与晁补之《鸡肋集·送梅校理子明通守杭州》所载的梅子明,当为同一人。在东坡题识之左而略偏中,有秦观手书五言绝句一首,每句单行,字为行楷,确如东坡所云'有二王风味'。兹照录如下(略)。"

　　雨雾交加,竹枝低垂。一旦日出云开,竹子精神抖擞,"依旧拂云霄"。诗人写出了竹子的气节。

【注释】

　　(1) 会看：张相《诗词曲辞语汇释》："会,犹当也,应也。有时含有将然语气。"唐杨巨源《酬于驸马》诗："长得闻诗欢自足,会看春露湿兰丛。"

　　(2) 拂云霄：唐李白《醉后赠王历阳》诗："笔踪起龙虎,舞袖拂云霄。"

【辑评】

[现代]徐培均《淮海集笺注·重印后记》：诗用比兴手法，表现了东坡当时的遭际。师生情谊，于此可见一斑。

辇 下 春 晴

楼阙过朝雨，　参差动霁光[(1)]。
衣冠纷禁路[(2)]，云气绕宫墙。
乱絮迷春阆[(3)]，蔫花困日长[(4)]。
经旬辜酒伴[(5)]，犹未赋长杨[(6)]。

【总说】

　　本诗元丰五年（1082）作。此诗次韵参寥《都下晓霁》。徐《笺》："是岁少游在京应举，落第后有《谢曾子开书》，云：'比者不意阁下于游从之间，得其鄙文而数称之。'子开（即曾肇）答书曰：'参寥至京，……一日出足下所为诗并杂文读之，其辞瓌玮闳丽，言近指远，有骚人之风。'可证参寥子是岁亦在京，故少游得以次其韵。"辇下，指京城。

　　此诗前六句写雨后春晴，京城胜致，尽收笔端。末两句原为"平康在何处，十里带垂杨"。据宋罗烨《醉翁谈录》载："平康里者，乃东京诸妓所居之地也。"故孙莘老有"小子又贱发"之语。对于前辈严肃批评，少游能虚心接受，后改成"经旬辜酒伴，犹未赋《长杨》"，切合落第后的心情，提高了诗的境界。

【注释】

　　（1）参差（cēn cī）：纷乱貌。三国魏曹植《公宴》诗："明月澄清影，列宿正参差。"霁（jì）光：雨停后的日光。唐钱起《紫参歌》："春风宛转虎溪傍，紫翼红翘翻霁光。"

（2）禁路：犹御道，供帝王车驾行走之路。唐卢纶《酬包佶郎中览拙卷后见寄》诗："禁路看山歌自缓，云司玩月漏应疏。"

（3）乱絮：纷飞的柳絮。

（4）蔫花：残花。唐韩偓《春尽日》诗："树头初日照西檐，树底蔫花夜雨沾。"

（5）经旬：十天。唐杜甫《江畔独步寻花七绝句》之一："走觅南邻爱酒伴，经旬出饮独空床。"

（6）长杨：汉扬雄《长杨赋》的省称。扬雄，蜀郡成都人，汉成帝时，客有荐扬雄文似司马相如，侍从郊祠羽猎，至射熊馆还，上《长杨赋》。见《汉书·扬雄传》。唐李颀《寄司勋卢员外》诗："早晚荐雄文似者，故人今已赋长杨。"

【辑评】

［宋］胡仔《苕溪渔隐丛话》前集卷五十引《王直方诗话》：参寥言旧有一诗寄少游，少游和云："楼阙过朝雨，参差动霁光。衣冠分禁路，云气绕宫墙。乳絮迷春阁，蔫花困日长。平康在何处，十里带垂杨。"莘老尝读此诗至末句云："这小子又贱发也。"少游后编《淮海集》，遂改云"经旬牵酒伴，犹未献长杨。"

［清］袁枚《随园诗话》：李北海见崔颢投诗曰"十五嫁王昌"，骂曰："小子无礼！"秦少游见孙莘老，投诗曰："经旬牵酒伴，犹未献长杨。"孙曰："小子又贱发！"二前辈方严相似，而考其生平，均非能作诗者。

金山晚眺

西津江口月初弦⁽¹⁾,水气昏昏上接天⁽²⁾。
清渚白沙茫不辨⁽³⁾,只应灯火是渔船。

【总说】

本诗作于元丰七年(1084)。金山,山名,在江苏镇江西北。《方舆胜览》卷三:"在江中,去城七里。唐李锜镇润州,表名金山。因裴头陀开山得金,故名。"又引周洪道《杂记》云:"(金)山在京口江心上,有龙游寺。登妙高峰望焦山、海门,皆历历。此山大江环绕,每风四起,势欲飞动,故南朝谓之浮玉山。"

此诗写登金山观感。月上弦,水接天,江面茫茫,渚沙虽不能辨,但灯火依稀可见,构成了一幅浩渺迷离的晚景图。诗人善于造景,可见一斑。

【注释】

(1)西津:西津渡,在镇江西北九里,与金山隔江相望。初弦:农历每月初七、八的月亮如弓弦,故称。南朝梁庾肩吾《奉使江州舟中七夕》诗:"九江逢七夕,初弦值早秋。"

(2)"水气"句:唐韩愈《题临泷寺》诗:"潮阳未到吾能说,海气昏昏水拍天。"

(3)"清渚"句:言清渚白沙,与月光水光互为映衬,不能分辨。唐张若虚《春江花月夜》诗:"空里流霜不觉飞,汀上白沙看不见。"

【辑评】

[现代]王兴康《宋诗鉴赏辞典》本篇赏析：此诗脱胎于张祜《题金陵渡》："金陵津渡小山楼，一宿行人自可愁。潮落夜江斜月里，两三星火是瓜州。"只要稍加比较，就能看出秦诗至少在三个方面与张诗相同：一，时间与地点相同，都是写镇江江面的夜间景色；二，描写手法相同，一用"潮落"、"斜月"来暗示时间的推移，一用"月初弦"来点名时间；三，境界相似，秦诗中的"只应灯火是渔船"显然化用了张诗的"两三星火是瓜州"以及张继《枫桥夜泊》中的"江枫渔火对愁眠"。由此可见秦观这首诗的渊源所自。但张祜诗中有人，且明写了诗人旅途无欢，触景生愁，秦诗则没有直接抒写诗人的怀抱，而是完全借景抒情，这又是二者的同中之异。

中秋口号

云山檐楯接低空⁽¹⁾，公宴初开气郁葱。
照海旌幢秋色里⁽²⁾，激天鼓吹月明中⁽³⁾。
香槽旋滴珠千颗⁽⁴⁾，歌扇惊围玉一丛⁽⁵⁾。
二十四桥人望处⁽⁶⁾，台星正在广寒宫⁽⁷⁾。

【总说】

　　本诗元丰七年(1084)中秋作。云山阁旧址在今扬州瘦西湖五亭桥西北隅。吕公著于元丰七年守扬州。口号，古典诗歌的题名，表示随口吟成，与"口占"同。始见于梁简文帝《仰和卫尉新渝侯巡城口号》一诗，唐张说、李白、杜甫、王维等均有口号诗。

　　此诗写中秋公宴盛况。"照海旌幢秋色里，激天鼓吹月明中"一联，弥见诗人笔力之健举，前人所谓近"唐句"，诚非虚语。

【注释】

　　(1) 檐楯(shǔn)：屋檐和栏杆。楯，栏杆的横木，泛指栏杆。宋孙觉《斗野亭寄子由》诗："檐楯斗杓落，帘帏河汉倾。"

　　(2) 旌幢(chuáng)：旌旗。唐白居易《行次夏口先寄李大夫》诗："曾陪剑履升鸾殿，欲谒旌幢入鹤楼。"

　　(3) 鼓吹(chuì)：鼓吹乐，古代用鼓、钲、箫、笳等打击乐器和吹奏乐器合奏的乐曲，初用于军中，后也用于官衙、宫廷。

　　(4) "香槽"句：唐李贺《将进酒》诗："琉璃钟，琥珀浓，小槽酒滴真珠红。"槽，酒槽，榨酒时用来盛酒的容器。

(5)歌扇：歌舞时用的扇子。北周庾信《和赵王看伎》诗："绿珠歌扇薄，飞燕舞衫轻。"玉一丛：喻四周围绕着美丽的歌女。

(6)二十四桥：《方舆胜览》卷四十四"扬州"："二十四桥，隋置，并以城门坊市为名。后韩令坤省筑州城，分布阡陌，别立桥梁，所谓二十四桥者，或存或废，不可得而考。"唐杜牧《寄扬州韩绰判官》诗："二十四桥明月夜，玉人何处教吹箫？"

(7)台星：三台星，古以此星象征三公之位。《后汉书·孝安帝纪论》："推咎台衡，以答天眚。"李贤注："台谓三台，天公象也。"广寒宫：月宫。相传唐玄宗曾于八月十五日夜游月中，见一大宫府，匾额上题曰"广寒清虚之府"。见旧题柳宗元《龙城录》。

【辑评】

[宋]阮阅《诗话总龟》卷十九引《王直方诗话》：吕申公在扬州日，因中秋令秦少游作口号。少游有"照海旌幢秋色里，激天鼓吹月明中"之句。是夜却微阴，公云："不着也。"少游乃别作一篇，末云："自是我公多惠爱，却回秋色作春阴。"参寥与余言如此。余曰："此真所谓'翻手作云'也。"

[元]方回《瀛奎律髓》卷十二《秋日类》：《中秋口号》(略)。生日诗、致语诗，皆不可易，为以其徇情应俗而多谀也，所以予于生日诗皆不选。少游作此诗，是夜无月遂改尾句云："自是我翁多盛德，却回秋色作春阴。"或嘲谓"晴雨翻覆手"，姑存此以备话柄。三四亦响亮。

[明]胡应麟《诗薮》外编卷五：秦观"照海旌幢秋色里，激天鼓吹月明中"，张耒"幽花避日房房敛，翠树含风叶叶凉"，……皆七言近唐句，此外不多得也。

[清]纪昀《瀛奎律髓》评语：此随俗应酬之诗，不宜入选。又：结鄙甚，然此种诗，体裁如是。

送乔希圣

鹦翔蓬蒿非所悲，　鹏击风云非所喜[1]。
贵贱穷通尽偶然，　回头总是东海水。
我思田文昔相齐，　朱袍照日如云霓。
三千冠佩醉明月，　清歌一曲倾玻璃[2]。
如今陈迹知何在[3]？但见荒冢烟芜迷[4]。
又思原宪昔居鲁，　门户东西闭环堵。
杖藜对客骋高谈，　自觉胸襟辈尧禹[5]。
如今寂寞已成尘[6]，空有声名挂千古。
送君去,何时回[7]？世间如此令人哀[8]。
我徒驻足不可久，　笑指白云归去来[9]。

【总说】

本诗作于元丰七年(1084)。乔希圣,名执中,高邮人。初,入太学,补五经讲书。后登进士第,调须城主簿。元祐初为吏部郎中,进中书舍人,迁给事中、刑部侍郎。绍圣初以宝文阁待制知郓州。见《宋史·乔希圣传》。徐《笺》:"据少游元丰八年《上王岐公论荐士书》云:'比者,先人之友乔君执事,奉使吴越,道过淮南,具言常辱相公齿及名氏,属乔君喻意,使进谒于门下。'此诗当为送乔希圣使吴越时作。"

鲲鹏鹦雀,大小悬殊,各有天地,不同悲喜。诗人用庄语开篇,寓有深意。"贵贱穷通尽偶然,回头总是东海水",为一篇之警句,又回应上句。接着写田文相齐之显赫,原宪居鲁之简陋,俯仰之间,或为陈迹,或已成尘,所谓"世间如此令人哀",从而产生了"笑指白云归去来"。少游有《拟李白》诗,李白的豪放不羁的风格以及个性化语言,在这首诗中体现得淋漓尽致。

【注释】

(1)"鹇(yàn)翔"二句:《庄子·逍遥游》:"有鸟焉,其名为鹏,背若泰山,翼若垂天之云,抟扶摇羊角而上者九万里,绝云气,负青天,然后图南,且适南冥也。斥鷃笑之曰:'彼且奚适也?我腾跃而上,不过数仞而下,翱翔蓬蒿之间,此亦飞之至也。而彼且奚适也?'此小大之辩也。"郭象注:"各以得性为至、自尽为极也。"蓬蒿,泛指草丛。鷃雀,小鸟。

(2)"我思"四句:怀战国时齐孟尝君事。田文,战国齐人,号孟尝君,为战国四公子之一,以善养士著称。《史记·孟尝君传》:"孟尝君时相齐,封万户于薛。其食客三千人。"

(3)陈迹:旧迹,遗迹。《庄子·天运》:"夫六经,先王之陈迹也,岂有所以迹哉。"

(4)荒冢(zhǒng):荒凉的坟墓。唐张继《河间献王墓》诗:"偶过河间寻往迹,却怜荒冢带寒烟。"烟芜:云烟笼罩的草地。

(5)"又思"四句:怀春秋时孔子弟子原宪事。《庄子·让王》:"原宪居鲁,环堵之室,茨以生草,蓬户不完,桑以为枢,而瓮牖二室,褐以为塞。上漏下湿,匡坐而弦。子贡乘大马,中绀而表素,轩车不容巷,往见原宪。原宪华冠縰履,杖藜而应门。子贡曰:'嘻,先生何病?'原宪应之曰:'宪闻之,无财谓之贫,学而不能行谓之病。今宪贫也,非病也。'子贡逡巡而有愧色。"原宪,孔子弟子。环堵,指狭小的居室。《淮南子·原道训》"环堵之室"高诱注:"堵长一丈,高一丈,故曰环堵。"杖藜:拄着藜的老茎做的手杖。尧、禹,上古的圣君。

(6)"如今"句:唐汪遵《燕台》诗:"如今寂寞无人上,春去秋来草自生。"

(7)"送君"二句:唐刘禹锡《送春曲三首》之三:"春景去,此去何时回?"

(8)"世间"句:唐李白《梦游天姥吟留别》诗:"世间行乐亦如此,古来万事东流水。"

(9)"笑指"句:谓有归隐之意。唐吕岩《六言》诗:"古洞眠来九载,流霞饮几千杯。逢人莫话他事,笑指白云去来。"归去来,归去。晋陶渊明《归去来兮辞》:"归去来兮,田园将芜胡不归。"

【辑评】

[现代]钱基博《中国文学史》第五编:顾观之策论,最为类轼,而观之诗词,则绝异轼。诗律体不如古体,七古不如五古。律诗尽有妍丽,而气调少驽。七古绰有气调,而意思不警。七古唯《赠女冠畅师》、《送乔希圣》、《宿金山》三篇,可诵。

客有传朝议欲以子瞻使高丽大臣有惜其去者白罢之作诗以纪其事 与莘老同赋

文章异域有知音⁽¹⁾,鸭绿差池一醉吟⁽²⁾。
颖士声名动倭国⁽³⁾,乐天辞笔过鸡林⁽⁴⁾。
节旄零落毡吞雪⁽⁵⁾,辩舌纵横印佩金⁽⁶⁾。
奉使风流家世事⁽⁷⁾,几随浪拍海东岑⁽⁸⁾。

【总说】

本诗作于元丰八年(1085)。据《续资治通鉴长编》卷三四五载,是年四月王震、满中奉命使辽。事先曾传闻由苏轼出使高丽,后因故未成行。苏轼盖世才华,不仅声闻中国,且名扬异邦,颔联用唐朝萧、白的典故,说明苏轼与其相较,有过之而无不及。颈联用苏姓的典故,既称誉苏轼的雄辩之才,又切合其人之姓。关于苏轼奉使未遂事,史失记载,赖少游与孙莘老纪事,才为后人所知。高丽,今朝鲜。

【注释】

(1)"文章"句:谓苏轼诗文在域外也有不少人欣赏。《苕溪渔隐丛话》前集卷四十一:"子由《奉使契丹寄子瞻》诗云:'谁将家集过幽都,每被行人问大苏。莫把文章动蛮貊,恐妨谈笑卧江湖。'此《栾城集》中诗也。《渑水燕谈录》云:'张芸叟奉使大辽,宿幽州馆中,有题苏子瞻《老人行》于壁间者。闻范阳书肆,亦刻子瞻诗数十篇,谓之《大苏集》。子瞻名重当代,外至夷蛮,亦爱服如此。芸叟题其后曰:"谁传佳句到幽都,逢着行人问大苏。"此二句与子由之诗全相类,疑好事者改之也。"唐杜甫《南征》诗:"百年歌自苦,未见有知音。"

(2)鸭绿:鸭绿江。徐兢《高丽图经·封境》:"鸭绿之水,源出靺鞨,其色如鸭头,故以名之。"差池:意外。唐李端《古别离》诗之一:"后事忽差池,前期日空在。"

(3)"颖士"句:借赞唐代著名文章家萧颖士赞苏轼。萧颖士,字茂挺,唐兰陵(今江苏常州)人。开元间登进士第,对策第一。官集贤校理。宰相李林甫恶其不附己,数罢去。倭国遣使入朝,自陈国人愿得萧夫子为师,中书舍人张渐等谏不可而止。官至扬州功曹参军。后客死汝南逆旅,门人谥曰文元先生。文章与李华齐名。有《萧茂挺文集》。见《新唐书·萧颖士传》。倭国,指日本。

(4)"乐天"句:借赞唐代著名诗人白居易赞苏轼。乐天,白居易字。鸡林,古国名,即新罗。唐元稹《白氏长庆集序》:"鸡林贾人求市颇切,自云本国宰相每以百金换一篇,其甚伪者,宰相辄能辨别之。自篇章以来,未有如是流传之广者。"

(5)"节旄"句:借赞汉代名臣苏武的气节赞同姓的苏轼。苏武,字子卿。武帝时出使匈奴,被留。匈奴单于胁迫其投降,武不屈,持汉节牧羊十九年,"节旄尽落"。事见《汉书·苏武传》。节旄,旌节上所缀的牦牛尾饰物。唐卢照邻《雨雪曲》:"节旄零落尽,天子不知名。"

(6)"辩舌"句:借赞战国时纵横家苏秦的辩才赞同姓的苏轼。苏秦,战国时东周洛阳人。初说秦惠王吞并天下,不用。后游说燕、赵、韩、魏、齐、楚六国,合纵抗秦,"佩六国相印",是与张仪齐名的纵横家。见《史记·苏秦列传》。又同书载:"太史公曰:苏秦兄弟三人,皆游说诸侯以显名,其术长于权变。"

(7)"奉使"句:宋苏轼《次韵孔常父送张天觉河东提刑》诗:

"脱帽风流馀长史,埋轮家世本留侯。"(长史,指唐书法家张旭;留侯,指汉开国名臣张良)此处少游同苏轼一样,用前朝风流家世,以切合所咏之姓。

(8) 岑(cén):山峰。南朝宋谢灵运《晚出西谢堂》诗:"步出西城门,遥望城西岑。"吕向注:"岑,峰也。"

【辑评】

[宋]黄彻《䂬溪诗话》卷九:少游赠坡诗云"节旄零落毡吞雪,辩舌纵横印佩金",语太不等。子瞻讥集句云"天边鸿鹄不易得,便令作对随家鸡",此诗正类此。

[清]赵翼《瓯北诗话》卷十二:宋人诗,与人赠答,多有切其人之姓,驱使典故,为本地风光者。如东坡与徐君猷、孟亨之同饮,则以徐、孟二家故事裁对成联,《送郑户曹》,则以郑太、郑虔故事裁对成联,又戏张子野娶妾,专用张家事点缀萦拂,最有生趣。自是,秦少游赠坡诗:"节旄零落毡餐雪,辩舌纵横印佩金。"山谷赠坡诗:"人间化鹤三千岁(苏耽),海上看羊十九年(苏武)。"皆以切合为能事,然以苏武比坡黄州之谪,尚可映带,苏秦、苏耽,何为者耶?

题杨康功醉道士石

黄冠初饮何人酒(1)？　径醉颓然不知久(2)。
风吹化石楚山阿(3)，　藤蔓缠身藓封口。
常随白鹤亦飞去(4)，　但有衣冠同不朽(5)。
异物终为贤俊得，　野老田夫岂宜有(6)。
华阴杨公香案吏(7)，　一见遂作忘年友(8)。
日暮西垣视草归(9)，　往往对之倾数斗。
大梦之间无定论(10)，　启母望夫天所诱(11)。
谷城或与子房期(12)，　西域更为陈邮吼(13)。
我疑黄冠反见玩，　若此坚顽定醒否(14)？
何当一笑凌苍霞，　顾谢主人聊举手(15)。

【总说】

本诗作于元丰八年(1085)。《施注苏诗》卷三十三施元之注："杨康功,名景略,洛阳人……终龙图待制、知扬州。"苏轼《与康功》尺牍云："两日大风,孤舟掀舞雪浪中……杨次公惠法酝一器,小酌径醉,醉中与公作《得醉道士石诗》,托楚守寄去。"按康功曾使高丽,故称其为海中仙。参寥有《杨康功待制所藏醉道士石》诗,少游有《题杨康功醉道士石》诗,他们都从杨康功那里见到了醉道士石。

醉道士石原埋没在楚山,藤蔓缠其身,苔藓封其口,野老田夫见之也不知为异物。杨康功慧眼识石,最终归其所有,这真是石头的幸运。诗人写杨康功以石为伴,对石饮酒,视为忘年之友,写出他对石的痴迷程度。石若有灵,也要视为知己了。同时诗人把醉道士石同望夫、启母、谷城、西域诸石联想起来,使凝固之石赋予生命,活生生地呈现在人们的眼前。正如秦元庆所评"妙语几欲呵活矣"。

【注释】

(1) 黄冠:道士之冠,亦借指道士。

(2) 径醉:就醉了。按正常语序,此二字应在"颓然"后。《史记·滑稽列传》:"(淳于)髡恐惧俯伏而饮,不过一斗径醉矣。"颓然:倒下貌。唐柳宗元《始得西山宴游记》:"引觞满酌,颓然就醉,不知日之入。"

(3) "风吹"句:用望夫石的故事咏醉道士石。刘义庆《幽明录》:"武昌山上有望夫石,状若人立。古传云:昔有贞妇,其夫从役,远赴国难,携弱子饯送北山,立望夫而化为立石,因以为名焉。"唐王建《望夫石》诗:"望夫处,江悠悠。化为石,不回头。上头日日风复雨,行人归来石应语。"山之阿,山的曲折处。《楚辞·九歌·山鬼》:"若有人兮山之阿,被薜荔兮带女萝。"

(4) "常随"句:用仙人王子乔的故事咏醉道士石。刘向《列仙传·王子乔》:"王子乔者,周灵王太子晋也。好吹笙,作凤凰鸣。游伊洛之间,道士浮丘公接以上嵩高山。三十余年后,求之于山上,见桓良曰:'告我家:七月七日待我于缑氏山巅。'至时果乘白鹤驻山头,望之不得到,举手谢时人,数日而去。"

(5) "但有"句:谓只留下了衣冠冢。《汉书·郊祀志上》:"黄帝以仙上天,群臣葬其衣冠。"范致明《岳阳风土记》:"宝慈观,乃张真人炼丹飞升之所,弟子葬其衣冠,俗谓之衣冠冢。"

(6) "异物"二句:言野老农夫不识怪石,终为贤者所得。异物,指珍异的石头。

(7) 华阴:杨氏郡望。香案吏:指随侍帝王的官员。《新唐书·仪卫志》：" 宰相、两省官对班于香案前，百官班于殿庭。"

(8) 忘年友：不拘年龄辈分而结成的知心朋友。《南史·何逊传》："逊字仲言，八岁能赋诗，弱冠，州举秀才。南乡范云见其对策，大相称赏，因结忘年交。"

(9) 西垣：中书省。视草：奉旨修正、起草诏谕一类公文。据《续资治通鉴长编》载，元丰七年(1084)十月，使给事中朝奉郎、守起居郎杨景略为试中书舍人。

(10) 大梦：喻指人生。《庄子·齐物论》："方其梦也，不知其梦也。梦之中又占其梦焉，觉而后知其梦也。且有大觉而后知此其大梦也。"

(11) "启母"句：用夏启母化石的典故咏醉道士石。古代神话传说夏禹妻涂山氏生启而化为石。《汉书·武帝纪》："朕用事华山，至于中岳，获驳麃，见夏后启母石。"颜师古注："启，夏禹子也。其母涂山氏女也。禹治鸿水，通轘辕山，化为熊，谓涂山氏曰：'欲饷，闻鼓声乃来。'禹跳石，误中鼓。涂山氏往，见禹方作熊，惭而去，至嵩高山下化为石。方生启，禹曰：'归我子。'石破北方而启生。事见《淮南子》。"

(12) "谷城"句：用张良与黄石公的故事咏醉道士石。《史记·留侯世家》："良尝闲从容步游下邳圯上，有一老父……曰：'……十三年孺子见我济北，谷城山下黄石即我矣。'"

(13) "西域"句：用陈那菩萨与迦毗罗仙的故事咏醉道士石。陈那(nà)，菩萨名，新因明学之祖。相传与迦毗罗仙之化石者问答，石为之裂。《辅行录》十之一曰："迦毗罗仙恐身死，往自在天问。天令往频陀山取徐甘子食，可延寿。食已，于林中化为石，如床大。有不逮者，书偈问石。后为陈那菩萨斥之。书偈，石裂。"

(14) 坚顽：犹顽强坚定。唐白居易《微之重夸州居其落句有西州罗刹之谑……》诗："谁知太守心相似，抵滞坚顽两相馀。"

(15)"何当"二句：仍用《列仙传·王子乔》事典。苍霞，青云。唐韩愈《读东方朔杂事》诗："一旦不辞诀，摄身凌苍霞。"

【辑评】

［清］秦元庆本《淮海集》结三句眉批：妙语几欲呵活矣。

次韵邢敦夫秋怀十首(其一、其三、其十)
以微云淡河汉疏雨滴梧桐为韵

其 一

驱车陟高丘,　　却望大梁圻⁽¹⁾。
驰道入双阙⁽²⁾,　勾陈连太微⁽³⁾。
夷门壮下属⁽⁴⁾,　清洛相因依。
美哉吾党士,　　皋夔良可希⁽⁵⁾!

其 三

昔者曾中书⁽⁶⁾,　门户实难瞰⁽⁷⁾。
笔势如长淮,　　初源可觞滥。
经营终入海,　　欲语焉能暂⁽⁸⁾?
斯人今则亡⁽⁹⁾,　悲歌风惨澹⁽¹⁰⁾。

其 十

邢侯秋卧疴⁽¹¹⁾,　挥毫见深衷⁽¹²⁾。
赓者二三子⁽¹³⁾,　翕然笙磬同⁽¹⁴⁾。
不为儿女姿⁽¹⁵⁾,　颇形四方风⁽¹⁶⁾。
属有山水念⁽¹⁷⁾,　因之丝与桐⁽¹⁸⁾。

【总说】

本诗作于元丰八年(1085)。邢敦夫《秋怀诗》,黄庭坚、陈师道均有和作。此选第一、第三、第十首。邢敦夫,即邢居实,字惇夫,或作敦夫,河南原武(今河南原阳)人。邢恕(字和叔)之子。有隽才,元祐三年(1088)卒,年才十九。晁公武《郡斋读书志》卷四下:"邢君实敦夫,和叔之子,年十四赋《明妃引》,苏子瞻见而称之,由是知名。未几,和叔贬随州,敦夫侍行,病羸呕血。……以故疾日侵而夭。"

第一首写诗人登高丘,望京城,眼底山川形胜,气势壮观。对舜之贤臣皋、卨,不耻下交的魏公子,不胜仰慕之情。诗人迤逦写来,有尺幅千里之势。第二首怀念曾巩。"笔势"四句,正写出他"上下驰骋"之气概。"悲歌风惨澹",充满了哀悼之意。第三首写邢敦夫所作《秋怀》诗,能直抒胸臆,"不为"二句,言格调之高。"属有"二句,见知音者多。

【注释】

(1) 大梁圻(qí):大梁,即北宋都城汴京(今河南开封)。圻,犹畿,京城四周千里之地。

(2) 双阙:指伊阙。阙,城门两边的高台。《水经注》卷十五:"伊水又北入伊阙,昔大禹疏以通水,两山相对,望之若阙。"此借指京都。三国魏曹植《赠徐幹》诗:"聊且夜行游,游彼双阙间。"

(3) 勾陈:即钩陈,星官名。刘向《说苑·辨物》:"璿玑,谓北辰,勾陈枢星也。"

(4) 夷门:战国魏都城大梁的东门。壮下属:《史记·魏公子列传》:"(侯)嬴乃夷门抱关者也,而公子亲枉车骑,自迎嬴于众人广坐之中,不宜有所过,今公子故过之。……市人皆以嬴为小人,而以公子为长者能下士也。"又:"天下诸公子亦有喜士者矣,然信陵君之接岩穴隐者,不耻下交,有以也。"

(5)"皋禼(xiè)"句:皋,指皋陶,相传为舜之贤臣,掌刑法。《尚书·大禹谟》:"禹曰:'皋陶迈种德,德乃降,黎民怀之。'"禼,即"偰",通作"契",舜之贤臣。《尚书·舜典》:"帝曰:'契,百姓不亲,五品不逊。汝作司徒,敬敷五教,在宽。'"

(6)曾中书:指宋古文家曾巩,字子固,南丰(今属江西)人。嘉祐间进士,官至中书舍人。工文章,以简洁著称。为唐宋古文八大家之一。有《元丰类稿》。

(7)门户:门径。《论语·子张》:"譬之宫墙,赐之墙也及肩,窥见室家之好。夫子之墙数仞,不得其门而入,不见宗庙之美,百官之富。"瞰:窥视。按,少游《曾子固哀词》"彼崔蔡之纷纷兮,孰云窥其藩翰"与此句意同。

(8)"笔势"四句:徐《笺》:"谓曾巩文章起源于六经,终至浩渺如长淮而入于海。"长淮,淮水。《尚书·禹贡》:"导淮自桐柏,东会于泗、沂,东入于海。"觞滥,即滥觞,指江河发源处水很小,仅可浮起酒杯。暂,短时间。《说文·日部》:"暂,不久也。"《荀子·子道》:"昔者江出于岷山,其始出也,其源可以滥觞,及其至江之津也,不放舟,不避风,则不可涉也。"《宋史·曾巩传》:"为文章,上下驰骋,愈出而愈工,本原六经,斟酌于司马迁、韩愈,一时工作文词者,鲜能过也。"

(9)"斯人"句:用唐杜甫《遣兴五首》之四"爽气不可致,斯人今则亡"成句。斯人,此人。按,曾巩卒于元丰六年(1083),年六十五。

(10)"悲歌"句:化用唐杜甫《题李尊师松树障子歌》:"怅望聊歌紫芝曲,时危惨澹来悲风。"

(11)邢侯:指邢敦夫。侯,古时对人的尊称。卧疴(kē):卧病。南朝宋谢灵运《登池上楼》诗:"徇禄及穷海,卧疴对空林。"按,

《王直方诗话》云:"惇夫自少便多憔悴感慨之意,其作《秋怀诗》云:'高歌感人心,心悲将奈何。'其作《枣阳道中》诗云:'有意问山神,此生复来否?'已而果卒于汉东。"汉东,即随州。

(12) 深衷:内心的情愫。

(13) "赓者"句:谓赓和者有黄庭坚、陈师道、秦观等人。赓,赓和,即以诗词相酬答。二三子,几个人。唐韩愈《山石》诗:"嗟哉吾党二三子,安得至老不更归。"

(14) "翕(xī)然"句:谓同声相应。翕然,一致貌。《汉书·杨敞传》:"宫殿之内,翕然同声。"笙磬同,语本《诗经·小雅·鼓钟》:"鼓瑟鼓琴,笙磬同音。"毛传:"笙磬,东方之乐也。同音,四县皆同也。"

(15) "不为"句:化用唐韩愈《北极赠李观》诗:"无为儿女态,憔悴悲贱贫。"

(16) "颇形"句:语出《毛诗序》:"言天下之事,形四方之风,谓之雅。雅者,正也,言王政之所由废兴也。"

(17) 属(zhǔ)有:正有。属,适,正。《国语·鲁语上》:"(鲁庄)公曰:'吾属欲美之。'"韦昭注:"属,适也。"山水念:高山流水的情致。《列子·汤问》:"伯牙鼓琴,志在高山。钟子期曰:'善哉,峨峨兮若泰山。'志在流水。钟子期曰:'善哉,洋洋兮若江河。'伯牙所念,钟子期必得之。"

(18) 因之:托之于。丝与桐:代指琴。古代琴多以桐木配丝弦制成,故云。汉王粲《七哀诗》之二:"丝桐感人情,为我发悲音。"

寄张文潜右史

解手亭皋才几月⁽¹⁾,春风已复动林塘。
稍迁右史公何泰⁽²⁾,初阅除书国为狂⁽³⁾。
日出想惊儒发冢⁽⁴⁾,风行应罢女争桑⁽⁵⁾。
东坡手种千株柳⁽⁶⁾,闻说邦人比召棠⁽⁷⁾。

【总说】

本诗作于元丰八年(1085),诗题一作《次韵参寥寄苏子瞻时闻苏除起居舍人》。张文潜,即张耒,字文潜,号柯山,楚州淮阴(今属江苏)人。熙宁间进士,元祐中官起居舍人。绍圣初、元祐初两坐党籍贬官。工诗,为"苏门四学士"之一。有《张右史文集》,别本名《柯山集》。徐《笺》云:"据题注,本篇似为苏轼而作。施宿《东坡先生年谱》云:元丰八年'五月一日,过扬州,游竹西寺,寻有旨复朝奉郎知登州。……冬十一月至登州,任未旬日,召复阙。十二月,除起居舍人。'起居舍人,亦称右史。王文诰《苏诗总案》卷二十六谓是岁'八月二十七日,苏轼过扬州访杨景略,至石塔寺,与无择别竹西亭下。……过邵伯埭和孙觉《斗野亭》。'尔后东坡必经高邮,此诗首句'解手亭皋才几月',似指此时与苏轼分别,盖少游应试中第后曾回乡等待授官。'春风'句则指次年(元祐元年)春初也。"又云:"冒广生《后山诗注》《寄张文潜舍人》补笺:按《实录》,文潜元祐八年冬,自著作佐郎除起居舍人,即右史也。诗中所云,与少游、文潜之交往不合,故知此诗题误,当从题下注'一云'。"论据确凿,分析透辟,当从之。

兹再补充二点：元丰八年(1075)，高太后听政，政局有利于司马光为首的旧党。阅除书而"国为狂"，日出而惊"儒发冢"，言论似无顾忌。元祐八年(1093)，高太后去世，政局则不利于旧党。范祖禹曾虑小人乘间为害，上书力谏，言辞激烈，少游、张耒相互恳劝，言论显然有顾忌。又苏轼除起居舍人之前为礼部侍郎，之后为中书舍人，少游均有启致贺。而张耒除起居舍人，少游无启致贺。其中《贺中书苏舍人启》云："奸邪闻命，投匕箸以自惊；忠义承风，引壶觞而相庆。"与诗中"日出想惊儒发冢"、"初阅除书国为狂"语句有关联，亦可证此诗为苏轼而作。此诗少游听到苏轼除起居舍人，写出心中的期待与喜悦。

【注释】

(1) 解手：分手。唐韩愈《祭河南张员外文》："两都相望，于别何有，解手背面，遂十一年。"亭皋：水边的平地。

(2) 迁：晋升。右史：中书省职官起居舍人的别称。李慈铭《越缦堂读书记·容斋随笔》："起居郎曰左史，起居舍人曰右史，至宋犹沿其称。"泰：安舒。此用《论语·子路》："君子泰而不骄，小人骄而不泰。"

(3) "初阅"句：写闻对方授职而为之欣喜。徐《笺》云："阅除书而'国为狂'，非苏轼不足以当之。"除书，拜官授职的文书。唐韦应物《始除尚书郎别善福精舍》诗："除书忽到门，冠带便拘束。"

(4) 儒发冢：借诗礼之名，行盗墓之实。语本《庄子·外物》："儒以诗礼发冢。大儒胪传曰：'东方作矣，事之何若？'"郭象注："诗礼者，先王之陈迹也，苟非其人，道不虚行，故夫儒者乃有用之为奸，则迹不足恃也。""东方作矣"，司马彪注："日出。"少游是年三月作《王定国注论语序》云："自熙宁初王氏父子以经术得幸，下其说于太学，凡置博士、试诸生，皆以新书从事。不合者黜罢之，而诸儒之论废矣。""儒发冢",似指此。又是年秋作《登南京妙峰亭》诗:"金鎚初控颐,已复东方作。"亦用庄子典故,"东方作"即"日出"。

(5)女争桑:喻新旧党之争。争桑,争夺桑树。《史记·吴太伯世家》:"初,楚边邑卑梁氏之处女与吴边邑之女争桑,二女家怒相灭,两国边邑长闻之,怒而相攻,灭吴之边邑。吴王怒,故遂伐楚,取两都而去。"

(6)"东坡"句:苏轼被贬黄州,营筑东坡,自号东坡居士。其《醉蓬莱》词云:"摇落霜风,有手栽双柳。"又其《徐君猷挽辞》云:"雪后独来栽柳处,竹间行复采茶时。"唐柳宗元《种柳戏题》诗:"柳州柳刺史,种柳柳江边。"苏轼种柳事与柳宗元同。

(7)"闻说"句:用召公故事来赞颂苏轼。召(shào),西周时的召公奭,也称召伯。棠,棠梨,一种落叶乔木,又名甘棠。《诗经·召南·甘棠》:"蔽芾甘棠,勿翦勿伐,召伯所茇。"毛序:"《甘棠》,美召伯也。召伯之教,明于南国。"周代召公奭曾在甘棠树下处理狱讼,后人缅怀他,也爱及其树。徐《笺》云:"二句谓黄州人民思苏轼之德,而张耒则无东坡种柳之事。"其言甚是。

春日杂兴十首(其一、其四、其十)

其 一

飘忽星气徂⁽¹⁾，　　青阳迫迟暮⁽²⁾。
鸣飞各有适，　　赤白纷无数⁽³⁾。
雨砌堕危芳，　　风轩纳飞絮。
褰帏香雾横⁽⁴⁾，　　岸帻云峰度⁽⁵⁾。
林影舞窗扉，　　池光染衣屦⁽⁶⁾。
参差花鸟期⁽⁷⁾，　　蹭蹬琴觞趣⁽⁸⁾。
抚事动幽寻，　　感时遗远慕⁽⁹⁾。
秣马膏余车⁽¹⁰⁾，　　行行不周路⁽¹¹⁾。

其 四

吴会虽褊小⁽¹²⁾，　　海滨富奇峰。
天鸡一号叫⁽¹³⁾，　　剑戟明遥空⁽¹⁴⁾。
谿谷相径复⁽¹⁵⁾，　　深林杳攒丛⁽¹⁶⁾。
猿吟虎豹啼⁽¹⁷⁾，　　云气迷西东。
中有遁世士，　　超然闷孤踪⁽¹⁸⁾。
被兰服明月⁽¹⁹⁾，　　起坐松声中。
夜锻吸沆瀣⁽²⁰⁾，　　朝琴庇青葱⁽²¹⁾。
骑星友元气⁽²²⁾，　　巢许安可同⁽²³⁾。
俯眄区中人⁽²⁴⁾，　　飞埃集毛锋⁽²⁵⁾。

问津或不缪[26]，从子游鸿蒙[27]。

其　十

艺籍燔祖龙[28]，斯文就沦丧[29]。
帝矜黔首愚[30]，诸隽出相望[31]。
扬马操宏纲[32]，韩柳激颓浪[33]。
建安妙讴吟[34]，风概亦超放[35]。
玉绳带华月，艳艳青冥上[36]。
奕世希末光[37]，经纬得无妄[38]。
儿曹独何事[39]，诋斥几覆酱[40]？
原心良自诬[41]，猥欲私所尚[42]。
螳螂拒飞辙[43]，精卫填冥涨[44]。
咄咄徒尔为[45]，东海固无恙。
鹓鸾日凋灭[46]，黄口纷冗长[47]。
投袂睇层霄[48]，兹怀谁与亮[49]？

【总说】

《春日杂兴十首》，非一时之作，亦非专咏春日，盖因诗体皆为五古，故后人编纂时汇为一组。（见徐培均《秦少游年谱长编》卷一）此选第一、第四、第十三首。

第一首作于元丰七年（1084）。徐《笺》："据《续资治通鉴长编》卷三四〇载，元丰七年春正月癸丑，吕公著徙扬州。少游屡试不第，故投卷以干谒也。诗当作于本年暮春。"光阴易逝，又到了暮春时节。"雨砌"二句，"堕"字写落花无奈，"纳"字状飞絮多情，诗人惜春之意，溢于言表。"参差"二句，写与花鸟愆期，同琴觞为伴，作者失意心态,宛然如见。诗人感时抚事,归结到"秣马"二句,所谓"卒章显其志"(白居易《新乐府序》)。据少游《上吕晦叔书》:"夫君子以器为车,以识为马,学术者,所以御之耳。"可见诗中之"马车",所指甚明,寓意深刻,即古语所云"先器识而后文艺",表达了作者积极用世的思想。

第四首似作于元丰年间。吴会,此指江南地区。此诗前八句写吴会奇山异水,虎啸猿啼,给人一种高深莫测的感觉。中间八句着重写遁世士,他佩明月之珠,吸沆瀣之气,操琴松间,骑星天际,又给人一种飘飘欲仙的感觉。他笔下的遁世士,似乎有自己的影子。黄庭坚自谓"醉心于《诗》与《楚词(辞)》"(《与秦少章书》),少游此诗运用许多《楚辞》词汇,足见他亦醉心于《楚辞》。他称屈原、宋玉之作"原本山川,极命草木,比物属事,骇耳目,变心意"(《韩愈论》),读罢此诗,也使人感到骇耳目、变心意。

第十首作于元祐年间。当唐初四杰被哂笑"轻薄为文"时,杜甫则指出"尔曹身与名俱灭,不废江河万古流"(《戏为六绝句》之一)。又当李、杜被群儿谤伤时,韩愈则指出"蚍蜉撼大树,可笑不自量"(《调张籍》)。今当扬马、建安诸子、韩柳被儿曹诋斥时,少游则指出"螳螂拒飞辙,精卫填冥涨。咄咄徒尔为,东海固无恙"。对待前贤,虽然诽谤者代不乏人,但尊重者亦大有其人。屈原曰:"文质疏内兮,众不知余之异采。"(《九章·怀沙》)少游有异采亦不被人知,最后他投袂而起,仰望高空,所发出的"兹怀谁与亮",千古同慨。

【注释】

(1) 飘忽:迅疾貌。晋陆机《叹逝赋》:"时飘忽其不再,老晼晚其将及。"星气:星宿与节气,借指时光。晋陶渊明《饮酒二十首》之十九:"冉冉星气流,亭亭复一纪。"徂(cú):往。

(2) 青阳：春天。《尸子·仁意》："春为青阳，夏为朱明。"

(3) 赤白：特指桃花李花，泛指各种花。唐李益《听唱赤白桃李花》诗："赤白桃李花，先皇在时曲。"

(4) 搴（qiān）帏：撩起帐幔。宋梅尧臣《雪咏》诗："雪色混青冥，搴帏宿酒醒。"

(5) 岸帻（zè）：掀起头巾露出前额，形容洒脱无拘束。唐韦应物《休暇东斋》诗："岸帻偃东斋，夏天清晓露。"云峰：状如山峰的云。唐杜甫《对雨书怀走邀许主簿》诗："东岳云峰起，溶溶满太虚。"

(6) 屦（jù）：鞋子。

(7) 参差（cēn cī）：蹉跎。唐太宗《帝京篇十首》其五："烟霞交隐映，花鸟自参差。"少游《水龙吟》词："玉佩丁东别后，怅佳期、参差难又。"

(8) 蹭蹬（cèng dèng）：险阻难行，引申为失意潦倒。唐杜甫《上水遣怀》诗："蹭蹬多拙为，安得不皓首。"琴觞（shāng）趣：抚琴喝酒的雅趣。觞，一种酒器，借指酒。《晋书·陶潜传》："唯遇酒则饮，时或无酒，亦雅咏不辍。性不解音，而畜素琴一张，弦徽不具，每朋酒之会，则抚而和之，曰：'但识琴中趣，何劳弦上声。'"唐白居易《再授宾客分司》诗："宾友得从容，琴觞恣怡悦。"

(9) "抚事"二句：写对时事的感念。抚事，感念时事。唐杜甫《观公孙大娘弟子舞剑器行》："与余问答既有以，感时抚事增惋伤。"动幽寻，起了寻访幽胜之念。唐李商隐《闲游》诗："寻幽殊未极，得句总堪夸。"遗远慕，留下对远世美政的追慕。

(10) "秣马"句：给车轴涂油脂，给马匹喂草料。唐韩愈《送李愿归盘谷序》："膏吾车兮秣吾马，从子于盘兮，终吾生以徜徉。"

(11) 行行：不停地前行。《古诗十九首》之一："行行重行行，与君生别离。"不周：神话中的山名，在昆仑山的西北。《楚辞·离骚》:"路不周以左转兮,指西海以为期。"

(12) 吴会(kuài):东汉分旧会稽郡为吴郡、会稽二郡,并称吴会,即今江苏长江以南及浙江大部分地区。褊小:狭小。《左传·隐公四年》:"石碏使告于陈曰:'卫国褊小,老夫耄矣,无能为也。'"

(13) 天鸡:神话中天上的鸡。任昉《述异记》卷下:"东南有桃都山,上有大树,名曰桃都,枝相去三千里。上有天鸡,日初出照此木,天鸡则鸣,天下鸡皆随之鸣。"唐李白《梦游天姥吟留别》诗:"半壁见海日,空中闻天鸡。"

(14) "剑戟"句:此以剑戟形容奇峰。唐韩愈《奉和裴相公东征途经女儿山下作》诗:"旗穿晓日云霞杂,山倚秋空剑戟明。"

(15) 径复:回环往复。《楚辞·招魂》:"川谷径复,流潺湲些。"王逸注:"径,过也。复,反也。"

(16) 攒(cuán)丛:丛聚。《楚辞·九章·涉江》:"深林杳以冥冥兮,乃猿狖之所居。"

(17) "猿吟"句:语出《楚辞·招隐士》:"猿狖群啸兮虎豹嗥。"

(18) "中有"二句:《孔丛子·记义》:"孔子读《诗》及《小雅》,喟然而叹曰:'……于《考槃》见遁世之士而不闷也。'"遁世,避世隐居。闷(bì),闭。

(19) "被(qī)兰"句:《楚辞·九歌·山鬼》:"被石兰兮带杜衡。"《楚辞·九章·涉江》:"被明月兮佩宝璐。"王逸注:"在背曰被。言已背被明月之珠,腰佩美玉,德宝兼备,行度清白也。"洪兴祖补注:"《淮南》云:'明月之珠,不能无颣。'注云:'夜光之珠,有似月光,故曰明月'。"

(20) 夜锻:夜里打铁。此似用三国魏嵇康事,嵇康为竹林七贤之代表人物,《晋书》本传谓其"性绝巧而好锻,宅中有一柳树甚茂,乃激水圜之,每夏月居其下以锻"。沆瀣(hàng xiè):夜间雾气凝成的露水,旧谓仙人所饮。《楚辞·远游》:"餐六气而饮沆瀣兮,潄正阳而含朝霞。"

（21）朝琴：早晨抚琴。庇青葱：被遮蔽在青葱的大树下。按，嵇康善鼓琴，此句似亦用嵇康事。

（22）骑星：指游仙。《庄子·大宗师》："傅说得之，以相武丁，奄有天下，乘东维，骑箕尾，而比于列星。"傅说星，在箕宿、尾宿之间，相传为傅说死后升天而化。南朝梁江淹《秋夕纳凉奉和刑狱舅》诗："骑星谢箕尾，濯发惭阳阿。"

（23）巢许：巢父和许由的并称。相传帝尧让位给二人，不受，皆隐居不仕。汉蔡邕《郭有道碑文》："将蹈鸿涯之遐迹，绍巢许之绝轨。"

（24）眄(miǎn)：斜视，引申为一般的看。区中：人世间。

（25）"飞埃"句：谓从峰头下望人间，人影如点点飞尘集聚在毫芒般细小的物体上。

（26）问津：原义是询问渡口，引申为寻访。晋陶渊明《桃花源记》："欣然规往，未果……后遂无问津者。"缪(miù)：同"谬"。

（27）鸿蒙：宇宙形成前的混沌状态。《庄子·在宥》："云将东游，过扶摇之枝，而适遭鸿蒙。"成玄英疏："鸿蒙，元气也。"

（28）"艺籍"句：谓秦始皇焚书。祖龙，指秦始皇。《史记·秦始皇本纪》："(三十六年)秋，使者从关东夜过华阴平舒道，有人持璧遮使者曰：'为吾遗滈池君。'因言曰：'今年祖龙死。'"裴骃集解引苏林曰："祖，始也；龙，人君象。谓始皇也。"

（29）斯文：古代指礼乐教化、典章制度。《论语·子罕》："天之将丧斯文也，后死者不得与于斯文也。"

（30）矜：怜悯。黔首：战国及秦代对平民的称谓。《史记·秦始皇本纪》："分天下以为三十六郡，郡置守、尉、监，更名民曰黔首。"

（31）隽(jùn)：通"俊"，才德超卓的人。

(32)扬马:扬雄和司马相如,皆汉代著名辞赋家。

(33)"韩柳"句:指韩柳倡导古文运动。韩柳,韩愈和柳宗元,皆唐代古文大家。颓浪,衰颓的波浪,比喻衰败。唐李白《古风五十九首》之一:"扬马激颓波,开流荡无垠。"

(34)"建安"句:汉末建安年间,曹操父子和建安七子皆善诗文,风格高古遒劲,《文心雕龙·时序》称之为"建安风骨"。少游《徐得之闲轩》诗亦云:"建安自古多俊髦。"

(35)风概:风度气概。晋袁宏《三国名臣序赞》:"始救生人,终明风概。"超放:超卓雄放。

(36)"玉绳"二句:谓以上诸人文章与星月争光。玉绳,星名。青冥:青天。

(37)奕世:累世,代代。《国语·周语上》:"奕世载德,不忝前人。"末光:馀辉。

(38)经纬:条理,秩序。《左传·昭公二十五年》:"礼,上下之纪,天地之经纬也。"孔颖达疏:"言礼之于天地,犹织之有经纬,得经纬相错乃成文,如天地得礼始成就。"无妄:本《周易》卦名,此指邪道不行。《荀子·宙合》:"本乎无妄之治,运乎无方之事,应变不失之谓当。"

(39)儿曹:儿辈。

(40)覆酱:覆盖酱缸,比喻著作毫无价值,或无人理会。《汉书·扬雄传下》:"钜鹿侯芭常从雄居,受其《太玄》、《法言》焉,刘歆亦尝观之,谓雄曰:'空自苦!今学者有禄利,然尚不能明《易》,又如《玄》何?吾恐后人用覆酱瓿也。'雄笑而不应。"

(41)原心:推究本意。自诬:自欺。唐杜甫《大历三年春白帝城放船出瞿唐峡……》诗:"丘壑曾忘返,文章敢自诬。"

(42)狠:苟且。私所尚:偏爱自己喜欢的东西。

(43)"螳螂"句:《庄子·人间世》:"汝不知夫螳螂乎?怒其臂

以当车辙,不知其不胜任也,是其才之美者也。"

(44)精卫:古代神话中衔石填海的鸟。《山海经·北山经》:"炎帝之少女名曰娃,女娃游于东海,溺而不返,故为精卫,常衔西山之木石,以堙于东海。"溟涨:溟海与涨海,泛指大海。南朝宋谢灵运《游赤石进帆海》诗:"溟涨无端倪,虚舟有超越。"李周翰注:"溟、涨,皆海也。"

(45)咄咄(duō):感叹声,表示责备。

(46)鹓鸾:凤凰一类的鸟,比喻贤者。唐王勃《秋日楚州郝司户宅饯崔使君序》:"城池当要害之冲,寮寀尽鹓鸾之选。"

(47)黄口:雏鸟。刘向《说苑·敬慎》:"孔子见罗者,其所得者皆黄口也。孔子曰:'黄口尽得,大爵(雀)独不得,何也?'"冗长:烦多。

(48)投袂(mèi):甩袖,表示激动。南朝梁江淹《杂体三十首·刘太尉伤乱》:"投袂既愤懑,抚枕怀百虑。"睇(dì):望。

(49)亮:明白。南朝宋谢灵运《游南亭》诗:"我志谁与亮?赏心唯良知。"

【辑评】

[宋]吕本中《紫薇诗话》:李尚书公择,向见秦少游上正献公投卷诗云:"雨砌堕危芳,风轻纳飞絮。"再三称赏云:"谢家兄弟得意诗,只如此也。"

[宋]胡仔《苕溪渔隐丛话》后集卷二:古今诗人以诗名世者,或只一句,或只一联,或只一篇。虽其余别有好诗,不专在此;然播传于后世,脍炙于人口者,终不出此矣,岂在多哉?……秦少游有"雨砌堕危芳,风轩纳飞絮"……凡此皆以一联名世者。

[宋]魏庆之《诗人玉屑》卷十八引《吕氏童蒙训》:"雨砌堕危芳,风轩纳飞絮"之类,李公择以为谢家兄弟得意(之作)不能过也。

少游过岭后诗,严重高古,自成一家,与旧作不同。

[清]王士禛《古夫于亭杂录》卷四:秦少游五言:"雨砌堕危芳,风轩纳飞絮。"六朝佳句也。

[现代]徐培均《淮海集笺注》卷三:其时洛蜀相攻,洛党程颐云:"某素不作诗,亦非是禁止不作,但不欲为此闲言语。且如今言能诗无如杜甫,如云'穿花蛱蝶深深见,点水蜻蜓款款飞',如此闲言语道出做甚!某所以不尝作诗。"(《二程遗书》卷十八)且以为少游《水龙吟》词中"名缰利锁"数句"媟渎上帝"(见宋陈鹄《耆旧续闻》卷八)。此诗"儿曹"以下,当系有所感而发。

秋日三首

其 一

霜落邗沟积水清(1)，　寒星无数傍船明。
菰蒲深处疑无地(2)，　忽有人家笑语声。

其 二

月团新碾瀹花瓷(3)，　饮罢呼儿课楚词。
风定小轩无落叶，　青虫相对吐秋丝。

其 三

连卷雌霓挂西楼(4)，　逐雨追晴意未休(5)。
安得万妆相向舞(6)，　酒酣聊把作缠头(7)。

【总说】

　　此三诗元丰年间作于高邮。第一首写诗人坐船行程中的独特感受。少游《与李乐天简》："时复扁舟，循邗沟而南，以适广陵。"正因为诗人有丰富的船上生活，故笔下有此传神之作。第二首写品新碾之茶，课子读楚辞，看青虫吐丝，村居生活既闲适又充实。第三首诗人把虹霓比作舞女的缠头，想象丰富，比喻妥帖，正如《艺苑雌黄》所云"语豪而且工"。

【注释】

(1) 邗(hán)沟：即邗江，今江苏境内自扬州至淮安的一段运河，传为春秋时吴王夫差所开。

(2) 菰：一种生在池沼中的草本植物，嫩茎经菌类寄生后膨胀，即茭白，结实称菰米，可食。蒲：即香蒲，一种生在水边或池沼中的草本植物，叶呈狭长线形，嫩芽可食，称蒲菜。

(3) 月团：茶饼名。蔡襄《茶录》："碾茶先以净纸密裹捶碎，然后熟碾。其大要旋碾即色白，或经宿则色昏矣。"新碾：即旋碾旋泡。瀹(yuè)：烹茶或泡茶。花瓷：指茶碗。

(4) 连卷(quán)：犹连蜷，长而弯曲的样子。雌蜺：副虹，双虹中色彩浅淡的虹。虹现可以预测晴雨。民谚："东虹晴，西虹雨。"南朝梁沈约《郊居赋》："驾雌蜺之连卷，泛天江之悠永。"

(5) "逐雨"句：言鹁鸠因晴雨变化而鸣噪追逐。陆佃《埤雅·释鸟》："鹁鸠灰色无绣颈，阴则屏逐其匹，晴则呼之。语曰'天将雨，鸠逐妇'者是也。"

(6) 万妆相向舞：无数盛妆的女子相对而舞。万，泛言其多。

(7) 缠头，古代歌舞艺人表演完毕，客以罗锦为赠，称缠头。唐杜甫《即事》诗："笑时花近眼，舞罢锦缠头。"《太平御览》卷八一五引《唐书》："旧俗赏歌舞人，以锦彩置之头上，谓之缠头。"

【辑评】

（第一首）

［宋］陈岩肖《庚溪诗话》卷下：晋宋间，沃州山帛道猷诗曰："连峰数千里，修林带平津。茅茨隐不见，鸡鸣知有人。"后秦少游诗云："菰蒲深处疑无地，忽有人家笑语声。"僧道潜号参寥，有云："隔林仿佛闻机杼，知有人家在翠微。"其源乃出于道猷而更加锻炼，亦可谓善夺胎者也。

［宋］胡仔《苕溪渔隐丛话》前集卷五十六引《高斋诗话》云：东坡长短句："云村南村北响缫车。"参寥诗云："隔林仿佛闻机杼，知有人家住翠微。"秦少游云："菰蒲深处疑无地，忽有人家笑语声。"三诗大同小异，皆奇句也。

［明］杨慎《升庵诗话》卷六：晋世释子帛道猷，有《陵峰采药》诗曰："连峰数千里，修林带平津。茅茨隐不见，鸡鸣知有人。"此四句古今绝唱也，有石刻在沃州岩。按《弘明集》亦载此诗，本八句，其后四句不称，独刻此四句，道猷自删之耶？抑别有高人定之耶？宋秦少游诗"菰蒲深处疑无地，忽有人家笑语声"，道潜诗"隔林仿佛闻机杼，知有人家在翠微"，虽祖道猷语意而不及。庚溪作诗话，谓少游、道潜比道猷尤为精练，所谓"苏粪壤以充帏，谓申椒其不芳"也。

［现代］徐培均、罗立刚《秦观诗词文选评》：翁方纲《石洲诗话》卷三记："王半山（王安石）'青山缭绕疑无路，忽见千帆隐映来'，秦少游'菰蒲深处疑无地，忽有人家笑语声'所祖也。陆放翁（陆游）'山重水复疑无路，柳暗花明又一村'，乃又变作对句耳。"比较起来，三位宋代诗人的诗作确实有相通之处，但又各有特色：王诗重绘风景，陆诗重明哲理，秦诗则隐哲理于画景之中，两不相失，虽难免彼此牵涉滞碍，不如王、陆之作给人印象深刻，但仍称得上是一首好诗。

诗中所写，即是作者秋夜泛舟邗沟所见之秀美景色。秋霜过后，邗沟之水特别清冽澄澈，夜里倒影天上星星，闪烁满沟，这是一个十分奇特的秋夜景象。与满河的星光相映衬，四周都被菰蒲所围。明暗对照，水陆有别，作者于黑暗之中，莫辨东西，故而生"疑"。可就在他心疑之际，突然从菰蒲深处传来笑语之声。画面由静而动，由寂静而有声。这后面两句写经行所闻，以动衬静，以有声衬无声，十分传神。将"笑语"置于"菰蒲深处"，由"无地"之疑虑，到有地之联想，宛然见水陆交叉之景，颇有江南水乡的特色。

一抑一扬,顿挫作势,富于哲理,耐人咀嚼。

(第二首)

[宋]胡仔《苕溪渔隐丛话》前集卷五十引《王直方诗话》:少游尝以真字题"月团新碾瀹花瓷,饮罢呼儿课《楚词》。风定小轩无落叶,青虫相对吐秋丝"一绝于邢敦夫扇上。山谷见之,乃于扇背复作小草题"黄叶委庭观九州,小虫催女献功裘。金钱满地无人费,百斛明珠薏苡秋"一绝,皆自所作诗也。少游后见之,复云:"逼我太甚。"

[宋]蔡正孙《诗林广记》后集卷八引《雪浪斋日记》:少游诗甚丽,如"青虫相对吐秋丝"之句是也。

[现代]徐培均《少游岂尽女郎诗》:在写景状物方面,少游也具有特殊的才能。东坡曾称誉他说:"少游下笔精悍,心所默识而口不能言者,能以笔传之。"就是说他有一支奇妙的笔,人们心里觉得美而口头难以表达的情与景,他能用笔把它唯妙唯肖地描绘出来。……有时他能借助客观景物,把感情写得细致入微:"风定小轩无落叶,青虫相对吐秋丝。"(《秋日三首》之二)有时他能捕捉一刹那的动作写出无穷诗意:"菰蒲深处疑无地,忽有人家笑语声"(《秋日三首》之一);"过尽行人都不起,忽闻冰响一齐飞"(《还自广陵》其四)。在上述这些例子中,诗人均能抒难言之情、状难写之景,并能构成情景交融的幽美意境。

(第三首)

[宋]严有翼《艺苑雌黄》:吟诗喜作豪句,须不畔于理方善。如东坡《观崔白冬景图》云:"扶桑大茧如瓮盎,天女织绡云汉上。往来不遣凤衔梭,谁能鼓臂投三丈。"此语豪而甚工。石敏若《橘林文中咏雪》有"燕南雪花大于掌,冰柱悬檐一千丈"之语,豪则豪矣,然安得尔高屋邪?余观太白《北风行》云"燕山雪花大如席",《秋浦歌》云"白发三千丈",其句可谓豪矣,奈无此理,何如少游《秋日》绝句,则可谓语豪而工者也。

幽　眠

幽眠起常晚，　　冬晷复不长[1]。
中间数十刻，　　倏如惊燕翔[2]。
晨飡初云毕[3]，　申鼓鸣相望[4]。
忽忽竟何就[5]？　念之动中肠[6]。
天地一逆旅，　　死生犹转商[7]。
暂来旋云去，　　迟速乃所常。
较计亦何补，　　徒然非慨慷[8]。
不如听两行[9]，　一概付酒觞。
北风吹老槐，　　白日转纸窗。
布衾一觉睡[10]，身世成渺茫。
宿莽冬不衰[11]，兰茝幽更芳[12]。
无庸伤局促[13]，速此鬓发霜。

【总说】

　　本诗元丰年间作于村居之时。"白日转纸窗"，言时光易逝，"死生犹转商"，谓人生无常，二个"转"字，用意尤深。"日月逝矣，岁不我与"（《论语·阳货》)，诗人借幽眠来抒发人生易老、功名未遂的感慨，同时也表现洁身自好、乐天知命的态度。

【注释】

　　(1) 冬晷(guǐ)：冬天的日影。《周髀算经》卷上："冬至日晷长，夏至日晷短。"

(2)"中间"二句:此以燕子疾速飞翔比喻时间之迅即流逝。刻,计时单位。古代以漏壶计时,一昼夜分为一百刻。倏(shū),迅疾貌。晋陶渊明《饮酒》之三:"一生复能几,倏如流电惊。"

(3)飡(cān):同"餐"。

(4)申:古人以地支计时,申时为下午三时至五时。

(5)忽忽:犹匆匆。《楚辞·离骚》:"欲少留此灵琐兮,日忽忽兮其将暮。"竟何就:即竟何成。唐韩愈《暮行河堤上》诗:"谋计竟何就,嗟嗟世与身。"

(6)中肠:犹内心。三国魏曹植《送应氏二首》之二:"爱至望苦深,岂不愧中肠。"

(7)"天地"二句:化用唐李白《拟古十二首》之九:"天地一逆旅,同悲万古尘。"逆旅,客舍,旅馆。转商,谓漏壶之箭升降。商,指漏壶中箭上的刻度。《诗经·齐风·东方未明》"狂夫瞿瞿"孔颖达疏:"《尚书纬》谓刻为商。"

(8)慨慷:即慷慨,为押韵而倒其文;感慨,激昂。晋左思《杂诗》:"壮齿不恒居,岁暮常慨慷。"

(9)两行:谓不执著于是非的争论而保持事理的自然均衡。《庄子·齐物论》:"是以圣人和之以是非而休乎天钧,是之谓两行。"郭象注:"任天下之是非。"又少游《无题二首》亦云:"达观听两行,昧者乃多态。"

(10)布衾(qīn):布被。

(11)宿莽:经冬不死的草。《楚辞·离骚》:"朝搴阰之木兰兮,夕揽洲之宿莽。"王逸注:"草冬生不死者,楚人名曰宿莽。"

(12)兰茝(zhǐ):两种香草名。茝,同"芷"。《楚辞·悲回风》:"故荼荠不同亩兮,兰茝幽而独芳。"

(13)局促:匆促,短促。唐杜甫《梦李白二首》之二:"告归常局促,苦道来不易。"

【辑评】

［明］段雯君本《淮海集》后集卷一徐渭批:句意真率,佳!

［现代］钱基博《中国文学史》第五编:(见《田居四首》辑评)

寄曾逢原

孟夏气候好⁽¹⁾，　林塘媚晴辉⁽²⁾。
回渠转清流，　　藻荇相因依⁽³⁾。
丛薄起疏籁⁽⁴⁾，　众鸟鸣且飞⁽⁵⁾。
高城带落日，　　光景酣夕霏⁽⁶⁾。
即事远兴托⁽⁷⁾，　抚己幽思微⁽⁸⁾。
超摇弄柔翰⁽⁹⁾，　徙倚弦金徽⁽¹⁰⁾。
美人邈云杪⁽¹¹⁾，　志愿固有违。
丹青傥不渝⁽¹²⁾，　与子同裳衣⁽¹³⁾。

【总说】

本诗作于元丰初。其时人称忠义之臣的曾孝序调往边防之地任职，秦观赠以此诗。曾逢原，名孝序，晋江（今属福建）人，以荫补将作监主簿，监泰州海安盐仓，因家泰州。累官至环庆路经略安抚使。

孟夏时节，气候宜人，诗人漫步于林塘，听渠水淙淙，鸟鸣声声；看藻荇相依，落日馀辉。光景酣畅，助诗人之笔墨。弹琴遐想，怀好友于前方。"丹青倘不渝，与子同裳衣"，表现了作者身在乡村，心驰边塞，欲与曾孝序同仇敌忾，报效祖国。情绪由平静转向慷慨，诗的境界也随之提升。

【注释】

（1）孟夏：农历四月。晋陶渊明《读山海经》诗之一："孟夏草木长,绕屋树扶疏。"

(2)林塘:树林池塘。南朝梁刘孝绰《侍宴饯庾于陵应诏》诗:"是日青春献,林塘多秀色。"晴辉:晴天的日光。唐权德舆《洞庭春溜满赋》:"接远色于青草,散晴辉于白蘋。"

(3)藻荇(xìng):水藻与荇。荇,一种水生草本植物,叶呈对生圆形。唐温庭筠《开成五年秋以抱疾郊野不得与乡计偕……》诗:"跃鱼翻藻荇,愁鹭睡葭芦。"相因依:互相依倚。南朝宋谢灵运《石壁精舍还湖中作》诗:"芰荷迭映蔚。蒲稗相因依。"

(4)丛薄:丛生草木。《楚辞·招隐士》:"丛薄深林兮人上慄。"洪兴祖补注:"深草曰薄。"

(5)"众鸟"句:晋陶渊明《咏贫士》诗之一:"朝霞开宿雾,众鸟相与飞。"

(6)"高城"二句:写日暮时风景如画。南朝齐谢朓《铜雀悲》诗:"落日高城上,馀光入繐帷。"南朝宋谢灵运《石壁精舍还湖中》诗:"林壑敛暝色,云霞收夕霏。"

(7)即事:晋陶渊明《癸卯岁始春怀古田舍》诗:"虽未量岁功,即事多所欣。"

(8)抚己:省察自己。晋陶渊明《岁暮和张常侍》诗:"抚己有深怀,履运增慨然。"

(9)超摇:心神不宁貌。《楚辞·七谏·谬谏》:"心悇憛而烦冤兮,蹇超摇而无翼。"柔翰:毛笔。晋左思《咏史》诗之一:"弱冠弄柔翰,卓荦观群书。"

(10)徙(xǐ)倚:流连徘徊。《楚辞·远游》:"步徙倚而遥思兮,怊惝怳而乖怀。"弦:琴弦,这里用作动词,弹琴。金徽:借指琴。徽,系琴弦之绳。梁元帝《秋夜》诗:"金徽调玉轸,兹夕抚离鸿。"

(11)美人:指所怀念之人,此指曾孝序。古人诗中言及美人,不限女子。邈:远。云杪(miǎo):云端。

(12)丹青：丹砂和青䨼,两种绘画颜料。不渝：不改变。《诗经·郑风·羔裘》："彼其之子,舍命不渝。"南朝梁江总《入摄山栖霞寺》诗："樵隐各有得,丹青独不渝。"

(13)"与子"句：化用《诗经·秦风·无衣》"岂曰无衣,与子同袍"、"岂曰无衣,与子同泽"、"岂曰无衣,与子同裳"。

【辑评】

［明］段斐君本《淮海集》徐渭眉批：置之陶（渊明）韦（应物）集中,不可复辨。

［现代］钱基博《中国文学史》第五编：（见《田居四首》辑评）

［现代］徐培均《淮海集笺注》：青年时代的秦观,理想高远,慷慨豪隽,立志献身疆场,报效祖国。……元丰初,当史称忠义之臣的曾孝序调守边防之际,秦观作诗相赠,表示"丹青傥不渝,与子同裳衣"。

元祐年间

拟郡学试东风解冻

宝历开新岁[1]，　春回斗柄东[2]。
漪生天际水[3]，　冻解日边风[4]。
浩荡依蘋起[5]，　侵寻带雪融[6]。
江河霜练静[7]，　池沼玉奁空[8]。
鱼藻雍容里[9]，　云霄俯仰中[10]。
更无舟楫碍，　从此百川通[11]。

【总说】

本诗元祐元年(1086)作于蔡州。郡学，汉时立太学和郡学，讲授五经，太学与郡学成为全国的大小文化中心，宋代沿袭。这一年宋哲宗继位改元，重新启用旧党，少游对仕途前景表示乐观，随东风解冻，心情开朗，意气尤盛。其中佳句"江河霜练静，池沼玉奁空"，正如前人所云，乃"陈末唐初遗响"。

【注释】

(1) 宝历：指国祚，皇位。南朝齐谢朓《侍宴曲水代人应诏》诗："宝历载晖，瑶光重践。"

(2) 斗柄：即斗杓。北斗七星，四星象斗，三星象杓。《鹖冠子·环流篇》："斗柄东指，天下皆春。"

(3) 漪：水的波纹。南唐冯延巳《清平乐》词："冰散漪澜生碧沼，寒在梅花先老。"

(4) 日边风：指东风。《礼记·月令》："孟春之月，东风解冻。"

(5) 依蘋起：谓春风生于蘋草间。蘋，一种水生草本植物。战国楚宋玉《风赋》："夫风生于地，起于青蘋之末。"

(6) 侵寻：渐进，逐渐发展到。

(7) 霜练：白色的绢。南朝齐谢朓《晚登三山还望京邑》："馀霞散成绮，澄江静如练。"

(8) 玉奁(lián)：玉镜，此喻明净的水面。

(9) 鱼藻：《诗经·小雅》篇名。毛序："刺幽王也。言万物失其性，王居镐京，将不能以自乐，故君子思古之武王焉。"此处暗讽神宗起用王安石推行新法，使万物失其性，寄望哲宗即位，可从容不迫恢复旧法。雍容：从容。

(10) "云霄"句：此句即《王直方诗话》所云"朝夕便当入馆，步青云之上"，极言少游意气之盛。云霄，喻显达的地位。唐刘长卿《送薛据宰涉县》诗："此道如不移，云霄坐应致。"俯仰，指一低头一抬头的时间，表示时间短暂。三国魏阮籍《咏怀》诗之三十二："去此若俯仰，如何似九秋？"

(11) "更无"二句：谓前途已没有什么妨碍，有如百川畅通。舟楫(jí)，船与桨，泛指船只。碍，妨碍，此处可解为限制。《周易·系辞下》："舟楫之利，以济不通，致远以利天下。"

【辑评】

[宋]阮阅《诗话总龟》前集卷八引《王直方诗话》：秦少游始作蔡州教授，意谓朝夕便当入馆，步青云之上，故作《东风解冻》诗云："更无舟楫碍，从此百川通。"已而久不召用，作《送和叔》云："大梁豪英海，故人满青云。为谢黄叔度，鬓毛今白纷。"谓山谷也。说者以为意气之盛衰，一何容易。

[明]胡应麟《诗薮》外编卷五：宋人五言古，"雨砌风轩"外，可入六朝者无几，而近体顾时时有之。摘列于左，掩姓名读之，未必

皆别其为宋也。……秦少游"江河霜练静,池沼玉奁空"(《东风冻解》),黄鲁直"呵镜云遮月,啼妆露著花",张文潜"幽花冠晓露,高柳筛和风"……皆陈末唐初遗响也。

送张叔和兼简鲁直

汝南如一器⁽¹⁾，　百千聚飞蚊⁽²⁾。
终然鼓狂闹⁽³⁾，　啾啾竟谁闻⁽⁴⁾？
议郎盛德后⁽⁵⁾，　清修继先芬⁽⁶⁾。
未试霹雳手⁽⁷⁾，　低回从此君⁽⁸⁾。
学官冷于水，　　齑盐度朝曛⁽⁹⁾。
间蒙相暖热，　　破忧发孤欣。
君今又复去，　　冀北遂空群⁽¹⁰⁾。
岂无一樽酒，　　谁与通殷勤⁽¹¹⁾？
大梁多豪英⁽¹²⁾，　故人满青云⁽¹³⁾。
为谢黄叔度⁽¹⁴⁾，　鬓毛今白纷。

【总说】

本诗作于元祐元年（1086）。徐《笺》："少游于元祐三年召试贤良方正，不售，据《王直方诗话》，诗盖作于此前。《秦谱》谓是岁'先生在蔡州'。"又："题原作'张和叔'……然各本卷端目录俱作'张叔和'。此据蜀本改。"黄庭坚有《赠送张叔和》一诗，任渊《山谷诗集注》云："（张）埙字叔和，洛中人，张焘龙图之后，娶山谷季妹。"埙父张焘曾任龙图阁直学士，其祖父张奎曾任枢密直学士，见《宋史·张焘传》。黄庭坚，字鲁直，号山谷道人、涪翁，洪州分宁（今江西修水）人。与张耒、晁补之、秦观同游苏轼门下，称"四学士"。诗与苏轼齐名，世称"苏黄"，开创江西诗派。有《山谷全集》。见《宋史·黄庭坚传》。

"汝南"四句,写飞蚊鼓发狂闹,实乃"无聊扰攘"。"议郎"四句,写张叔和有先人之美德。"学官"四句写诗人清贫生活,友人给予慰藉。"君今"句起才写送别,友人一去,冀北空群,念大梁故人青云直上,叹自己仍为汝南学官,"鬓毛今白纷",最后诗人所发出的感慨,也不足为奇了。

【注释】

(1) 汝南:古郡名,治所在今河南上蔡。一器:一个器皿。

(2) 聚飞蚊:语本《汉书·中山靖王刘胜传》:"夫众煦漂山,聚蚊成靁。朋党执虎,十夫桡椎。"颜师古注:"蚊,古蚊字;靁,古雷字。言众蚊飞声有若雷也。"唐韩愈《醉赠张秘书》诗:"虽得一饷乐,有如聚飞蚊。"

(3) 鼓狂闹:《楞严经》卷五:"月光童子言:'如是乃至三千大千世界内所有众生,如一器中储蚊蚋,啾啾乱鸣,于分寸中,鼓发狂闹。'"

(4) 啾啾(jiū):象声词,此指蚊虫飞行所发之声。宋饶节《送浃上座如馀杭刻慈觉老人语录五首》之三:"啾啾蚊蚋盎中鸣,拟议庄周旧典刑。"

(5) 议郎:此处当是文官散阶名,即承议郎、奉议郎、宣议郎之类。按蔡襄《端明集》有《试将佐监主簿张坰可守将作监主簿制》,知张坰曾任将作监主簿,散阶为承务郎,后来升官后才有宣议郎或以上的散阶。

(6) 先芬:祖先的美德。晋陆机《文赋》:"咏世德之骏烈,诵先人之清芬。"

(7) 霹雳手:谓断案敏捷果断的能吏。唐代裴琰之任同州司户参军,刺史李崇义轻其年少,以积案数百难之,琰一日断毕,理当词平,文笔亦妙。由此知名,号"霹雳手"。见《旧唐书·裴漼传》。

(8) 低回:此指迁就。

(9)"齑(jī)盐"句:指贫苦人家的素食。齑,切碎韭菜等物腌渍的酱菜。唐韩愈《送穷文》:"太学四年,朝齑暮盐。"

(10)"冀北"句:比喻人才被选拔一空。语出唐韩愈《送温处士赴河阳军序》:"伯乐一过冀北之野,而马群遂空。"

(11)殷勤:深厚的情意。

(12)大梁:古地名,战国时魏国都城,即今河南开封。唐韩愈《送僧澄观》诗:"愈昔从军大梁下,往来满屋贤豪者。"

(13)满青云:指官运亨通。《史记·范雎蔡泽列传》:"须贾顿首言死罪,曰:'贾不意君能自致于青云之上。'"

(14)黄叔度:后汉黄宪,字叔度,汝南慎阳(今河南正阳)人。名士郭泰少诣叔度,称其"汪汪若千顷陂,澄之不清,淆之不浊,不可量也"。见《后汉书·黄宪传》及《世说新语·德行》。此喻黄庭坚。

【辑评】

[宋]阮阅《诗话总龟》前集卷八引《王直方诗话》:秦少游始作蔡州教授,意谓朝夕便当入馆,步青云之上,故作《东风解冻》诗云:"更无舟楫碍,从此百川通。"已而久不召用,作《送张和叔》云"大梁豪英海,故人满青云。为谢黄叔度,鬓毛今白纷",谓山谷也。说者以为意气之盛衰,一何容易。

[现代]钱锺书《管锥编》:《法言·渊骞》篇:"或问货殖。曰:'蚊!'"此传所写熙攘往来、趋死如鹜、嗜利殉财诸情状,扬雄以只字该之,以么么象之,兼要言不烦与罕譬而喻之妙。《楞严经》卷五月光童子言:"如是乃至三千大千世界内所有众生,如一器中储蚊蚋,啾啾乱鸣,于分寸中,鼓发狂闹";宋人诗文多喜征使(秦观《淮海集》卷二《送张和叔》、……),乃指无聊扰攘,非言贪得竞逐,着眼

处异于《法言》。西方文家有谓世人一生哄乱忙碌,无殊群蝇于玻璃瓶中飞动;却与《楞严》相契,易"蚊"为"蝇"而已。

[现代]王水照《"苏门"诸公贬谪心态的缩影》:秦观虽说"尝学至言妙道",但他本质上却是一位纯情者。他一生仕途坎坷,元祐京城期间,尽管物质生活清苦,"日典春衣""举家食粥",但一个小小的校正秘书省书籍之职,似乎在他面前展现了诱人的政治前景。与苏门甚熟的王直方,在《王直方诗话》中用"秦少游炫耀"为题,记他当时晚出左掖门,有"出门尘涨如黄雾,始觉身从天上归"之句,"识者以为少游作一黄本校勘,而炫耀如此,必不远到"。顺境的情绪升温越快,逆境的降温亦速。王直方还举出他作蔡州教授时,以为"朝夕便当入馆",欣然命笔:"更无舟楫碍,从此百川通。"以为平步青云,唾手可得。但"久不召用",立刻发出"鬓毛今白纷"的哀叹。("少游诗意气之盛衰"条)所以,这位纯情者的学养、素质,使他对境遇的顺逆升黜缺乏必要的心理承受能力。南迁遭受的打击,自非"久不召用"可比,更何况他在嗣后的《元祐党籍碑》的"馀官"一类中,竟作为首恶名列第一(苏轼在侍郎以上一类中居首),可以推知他所受政治压力之大,他的哀感自然一发而不可收拾了。

题 騕 褭 图

双瞳夹镜权协月⁽¹⁾， 尾鬣萧森泽于髮⁽²⁾。
鞍衔不施缰复脱， 旁无驭者气腾越⁽³⁾。
地如砥平丘陇灭⁽⁴⁾， 天寒日暮抱饥渴。
骧首号鸣思一发⁽⁵⁾， 超轶绝尘入恍忽⁽⁶⁾。
东门京铸久销歇⁽⁷⁾， 曹霸丹青亦云没⁽⁸⁾。
赖有龙眠戏挥笔⁽⁹⁾， 眼前时见千里骨⁽¹⁰⁾。
玉台阆阖相因依⁽¹¹⁾， 嗟尔龙媒空自奇⁽¹²⁾。
鸾旗日行三十里⁽¹³⁾， 焉用逐风追电为⁽¹⁴⁾？

【总说】

　　本诗作于元祐三年（1088）。苏轼有《戏书李伯时画御马好头赤》诗，黄庭坚、晁补之、苏辙均和之，少游此诗亦当作于此时。苏轼称文与可画竹"胸中有成竹"，称李公麟画马"胸中有千驷"。正因为李公麟胸中有马，所以他笔下的鞍马形神兼备，超群绝伦。从少游题诗可知，他画马不仅重外形，更重神态，特别是"骧首"二句，画中之马呼之欲出，昂首疾奔，不可企及。最后四句，写骏马能日行千里，而随天子行每天仅行三十里，不能尽展其才。诗人以马喻人，寄托怀才不遇之慨。騕褭(yǎo niǎo)，古骏马名。汉张衡《思玄赋》："絷騕褭以服箱。"李善注引应劭曰："騕褭，古之骏马也，赤喙玄身，日行五千里。"

【注释】

　　（1）"双瞳"句：双目明亮如镜，颊骨圆满如月，此状马之异相。

南朝宋颜延之《赭白马赋》:"双瞳夹镜,两权协月。"权,通"颧",面颊骨。

(2)鬣(liè):马颈上的长毛。萧森:此言马毛发挺拔而有光泽。

(3)"鞍衔"二句:写画中之马既无羁勒,又无驭者,故显得气势飞扬,即少游所谓"无羁无絷,乐未渠央"(《李潭汉马图赞》)。鞍衔,鞍勒。

(4)砥平:如砥之平,喻平坦。砥,磨刀石。晋左思《魏都赋》:"长庭砥平,钟簴夹陈。"丘陇:田野。

(5)骧(xiāng)首:昂首。南朝宋颜延之《赭白马赋》:"眷西极而骧首,望朔云而躞足。"

(6)超轶绝尘:言骏马快速超越凡马,蹄下不沾尘埃,语本《庄子·徐无鬼》:"天下马有成材,若恤若失,若丧其一,若是者,超轶绝尘,不知其所。"恍忽:同"恍惚"。刘昼《新论·知人》:"故孔方谞之相马也,虽未追风逐电,绝尘灭影,而迅足之势固已见矣。"可作此句注脚。

(7)东门京:西汉时善相马者。《后汉书·马援传》:"孝武皇帝时,善相马者东门京,铸作铜马法献之,有诏立马于鲁班门外,则更名鲁班门曰金马门。"

(8)曹霸:唐名画家,沛国谯(今安徽亳州)人,最善画马。唐杜甫《丹青引》、《观曹将军画马图》二诗即为他而作。丹青:指绘画。没(mò):灭没,消失。

(9)龙眠:指宋名画家李公麟,字伯时,号龙眠居士,舒州(今安徽桐城)人。

(10)千里骨:千里马的骨骼,代指千里马。《战国策·燕策一》:"郭隗先生曰:'臣闻古之君人,有以千金求千里马者,三年不能得。涓人言于君,曰:"请求之。"君遣之,三月得千里马,马已死,买其首五百金,反以报君。君大怒,曰:"所求者生马,安事死马,而捐五百金。涓人对曰:"死马且买之五百金,况生马乎。天下必以王为能市马,马今至矣。"于是不能期年,千里之马至者三。'"

(11) 玉台阊阖(hé):《汉书·礼乐志》:"天马来,龙之媒。游阊阖,观玉台。"颜师古注引应劭曰:"阊阖,天门。玉台,上帝之所居。"相因依:相倚傍。

(12) 龙媒:骏马。语出《汉书·礼乐志》:"天马徕龙之媒。"北周庾信《哀江南赋》:"卧刁斗于荥阳,绊龙媒于平乐。"自奇:自以为奇。

(13) 鸾旗:天子之旗,上绣鸾鸟,故称。《汉书·贾捐之传》:"鸾旗在前,属车在后。"

(14) 焉用:哪有必要。逐风追电:汉王褒《圣主得贤臣颂》:"纵骋驰骛,忽如影靡,过都越国,蹶如历块;追奔电,逐遗风。"

【辑评】

[明]段斐君本《淮海集》徐渭眉批:首六句,酷于凝杜。

次韵裴仲谟和何先辈二首(其二)

汝南古郡寡参寻, 兀兀长如鹤在阴(1)。
支枕星河横醉后(2), 入帘风絮报春深(3)。
青山未落诗人手, 白发谁知国士心(4)?
多谢名郎传绿绮(5), 愧无佳句比南金(6)。

【总说】

本诗作于元祐四年(1089)春。裴仲谟,名纶。何先辈,名字不详。先辈,唐代同时考中进士人相互间之敬称,宋人沿之。李肇《唐国史补》卷下:"得第谓之前进士,互相推敬谓之先辈。"

宋黄庭坚《书幽芳亭记》:"士之才德盖一国,则曰国士。"可作此诗"国士"之注脚。又《送少章从翰林苏公餘杭》诗:"东南淮海唯扬州,国士无双秦少游。"可见黄庭坚对秦观推重。"白发谁知国士心",少游此句虽指对方而言,但隐然有自负之意,并见其报国之心。

【注释】

(1)"汝南"二句:言彼此虽少寻访,但时时以诗相唱和。汝南,古郡名,治今河南平舆北。此用东汉许劭事。许劭,汝南平舆(今属河南)人,与从兄靖俱有高名,共好品评人物,每月辄更其品题,故汝南俗有"月旦评"之目。见《后汉书·许劭传》。又少游《送裴仲谟》云:"汝南古佳郡,月旦评一易。"参寻,寻访。唐韩愈《游青龙寺赠崔大补阙》诗:"由来钝骍寡参寻,况是儒官饱闲散。"兀兀,犹矻矻，勤勉貌。唐韩愈《进学解》："焚膏油以继晷，恒兀兀以穷年。"鹤在阴，《周易·中孚》："鹤鸣在阴，其子和之。"谓鹤在树荫鸣叫，其同类遥相呼应。

(2)"支枕"句：言醉后看银河横空。支枕，手肘撑着枕头。唐李咸用《谢僧寄茶》诗："尝来纵使重支枕，胡蝶寂寥空掩关。"又少游《次韵夏侯太冲秀才》："北窗腹便便，支枕看斗柄。"句意相同。

(3)"入帘"句：谓柳絮飘飞，春天即将过去。风絮，风中飘舞的柳絮。宋贺铸《青玉案》词："一川烟草，满城风絮，梅子黄时雨。"春深，春意浓阴，此指暮春。唐储光羲《钓鱼湾》诗："垂钓绿湾春，春深杏花乱。"

(4)"青山"二句：化用唐顾况《归山》诗"心事数茎白发，生涯一片青山"句意。青山，指归隐之处。国士，国中才能杰出的人。《左传·成公十六年》："皆曰：国士在，且厚，不可当也。"

(5)名郎：宋代礼部郎中的别称。宋元丰时改官制，礼部郎中谓之名表郎官，故称。宋王安石《寄题思轩》诗："名郎此地昔徘徊，天诱良孙接踵来。"此指裴仲谟。绿绮：古琴名。晋傅玄《琴赋序》："司马相如有绿绮。"

(6)南金：南方出产的高品质金属铜。后借指贵重之物。晋张载《拟四愁诗》："佳人遗我绿绮琴，何以赠之双南金。"此称誉何先辈诗，即第一首所云"别后想多黄绢作"。

【辑评】

［清］贺裳《载酒园诗话》卷：昔人评少游诗"如时女游春，终伤婉弱"。如"支枕星河横醉后，入帘风絮报春深"，真好姿态。

赠女冠畅师

瞳人剪水腰如束⁽¹⁾，一幅乌纱裹寒玉⁽²⁾。
飘然自有姑射姿⁽³⁾，回看粉黛皆尘俗⁽⁴⁾。
雾阁云窗人莫窥⁽⁵⁾，门前车马任东西⁽⁶⁾。
礼罢晓坛春日静⁽⁷⁾，落红满地乳鸦啼⁽⁸⁾。

【总说】

元祐四年（1089）春作。女冠，女道士。《宋史·徽宗纪》："改女冠为女道。"唐王建《唐昌观玉蕊花》诗："女冠夜觅香来处，唯见阶前碎玉明。"

诗人笔下的女道士，有姑射仙人一般的姿色。她回眸之间，"粉黛皆尘俗"，给人以超凡脱俗的形象。她飘然而来，"一幅乌纱裹寒玉"；飘然而去，"雾阁云窗人莫窥"，又给人以飘飘欲仙的感觉。最后以"落红满地乳鸦啼"收尾，笔致空灵，馀音袅袅。

【注释】

（1）瞳人剪水：谓眼神清亮。瞳人，瞳孔。唐李贺《杜家唐儿歌》："骨重神寒天庙器，一双瞳人剪秋水。"腰如束：战国楚宋玉《登徒子好色赋》："腰如束素，齿如含贝。"

（2）寒玉：喻所咏女道士的身躯。

（3）姑射（yè）姿：仙人之姿。《庄子·逍遥游》："藐姑射之山，有神人居焉，肌肤若冰雪，绰约若处子。"后因以"姑射"代称仙人或美人。

(4)"回看"句：即唐白居易《长恨歌》"回眸一笑百媚生，六官粉黛无颜色"之意。

(5)"雾阁"句：唐韩愈《华山女》诗："云窗雾阁事恍惚，重重翠幔深金屏。"

(6)"门前"句：唐白居易《劝酒》诗："不逾十稔居台衡，门前车马纷纵横。"

(7)礼：敬神。《仪礼·觐礼》："礼日于南门外，礼月与四渎于北门外，礼山川丘陵于西门外。"坛：道坛，道教做法事的坛。

(8)"落红"句：南朝陈后主《玉树后庭花》诗："花开花落不长久，落红满地归寂中。"乳鸦，幼鸦。钱易《南部新书》卷十："画阁不开梁燕去，朱门罢扫乳鸦还。"

【辑评】

[宋]蔡正孙《诗林广记》后集卷八引《桐江诗话》：畅姓，唯汝南有之，其族尤奉道，男女为黄冠者，十之八九。时有女冠畅道姑，姿色妍丽，神仙中人也。少游挑之不得，作诗云云。

[近代]陈衍《宋诗精华录》：末韵不着一字，而浓艳独至。《桐江诗话》以为道姑为神仙中人，殆不虚也。

[现代]徐培均《淮海集笺注》：在《赠女冠畅师》中，诗人非但刻划了一位清丽不俗的女道士形象，而且感情写得十分含蓄。其结尾云："礼罢晓坛春日静，落红满地乳鸦啼。"无疑是运用了填词中以景结情的手法，因而留有无穷馀味。

[现代]陈文轩《宋诗鉴赏辞典》本篇赏析：花落鸟啼的暮春景色总易触发流光易逝的悲慨，尤其是青年女子，更易产生青春虚度的痛苦和叹息。但畅道姑却别具一种情怀。她真诚奉道，从未因韶华的凋零而产生过惆怅之情，她坦然，她宁静，所以花落鸟啼在

她眼里不过是寻常景色,引不起感情的波澜。她照常全神贯注地焚香祭祷。暮春尚且如此,其他季节更不言而喻了。"落红满地乳鸦啼",以景结情,隽永有味。

觌觏二弟作小室请书鲁直名曰寄寂作此寄之用孙子实韵

力田不逢年，　　识者未宜闵。
他时岁在金，　　百两无虚稛(1)。
士生当自量，　　天道平如准(2)。
汝兄鲁叔山，　　正坐不前谨(3)。
有琴亦无弦，　　何心尚求轸(4)。
客来欲颓玉(5)，　大白辄满引(6)。
官长既屡骂(7)，　诸生亦时鞭(8)。
一口吸西江，　　玄哉居士蕴(9)。
岁寒知苍松(10)，日暮识丹槿(11)。
梦想八九椽(12)，森然罗玉笋(13)。

【总说】

本诗作于元祐四年(1089)。觌(dí)、觏(gòu)，少游之弟。秦觌字少仪，秦觏字少章，皆能文。孙子实，名端，孙觉(莘老)之子。少章从黄庭坚游，黄以"寄寂"名其书斋，并赠诗。少游亦和之。黄庭坚《次韵孙子实题少章寄寂斋》诗："寄寂喧哄间，此道有汲引。"任渊注："《庄子》曰：'冥冥之中，独见晓焉；无声之中，独闻和焉。故深之又深而能物焉。'注云：'视听而不寄之于寂，则有闇昧而不和，穷其原而后能物物。'山谷盖用此意。"(见《山谷内集诗注》卷十一)

古人以学习比方种植，所谓"夫学，殖也，不学将落。"(《左传·

昭公十八年》)"力田不如逢年",意与此同。少游于元丰八年登焦蹈榜进士第,作《谢及第启》云"岂意力田而逢年",写自己多年耕耘,终于有了收获。今用此语开头,寄意颇深。接着从为人处世方面,引用诸多典故,或告诫,或勉励,语重心长。最后希望二弟能列入玉笋之班,梦想成真。黄庭坚《赠秦少仪》诗云:"秦氏多英俊,少游眉最白。颇闻鸿雁行,笔皆万人敌。"称秦氏兄弟,一门皆秀,正是对"森然罗玉笋"一句最好解释。

【注释】

(1)"力田"四句:谓努力耕种却不逢丰年,对有识之人来讲不应忧心忡忡,要看到将来丰收时满载而归。力田不逢年,语本《史记·佞幸列传》:"谚曰:'力田不如逢年,善仕不如遇合。'固无虚言。"力田,努力耕田。闵,同"悯",忧伤,忧愁。岁在金,古代用阴阳五行来推测年成之好坏,当木星运行至酉时称岁在金,为丰穰;至子时称岁在木,为荒歉,以下类推。《史记·货殖列传》:"故岁在金,穰;水,毁;木,饥;火,旱。"两(liàng),"辆"的古字。《诗经·召南·鹊巢》:"之子于归,百两御之。"毛传:"百两,百乘也。"稇(kǔn),以绳捆束。

(2)"天道"句:谓天道公正,其平如水。《老子》第七十九章:"天道无亲,常与善人。"准,水之平也。

(3)"汝兄"二句:谓鲁叔山被断掉脚趾,是因为以前不谨慎,但他能务学以补以前的过失。《庄子·德充符》:"鲁有兀者叔山无趾,踵见仲尼。仲尼曰:'子不谨前,既犯患若是矣。虽今来,何及矣?'无趾曰:'吾唯不知务而轻用吾身,吾是以亡足。今吾来也,犹有尊足者存,吾是以务全之也。'……无趾出。孔子曰:'弟子勉之!夫无趾,兀者也,犹务学以复补前行之恶,而况全德之人乎!'"坐,因。

(4)"有琴"二句：即南朝梁萧统《陶靖节传》中"但识琴中趣，何劳弦上声"之意。轸，琴上调弦的小柱。

(5)颓玉：形容醉态之美好。《世说新语·容止》："(嵇康)其醉也，傀俄若玉山之将崩。"

(6)大白：大酒杯。《说苑·善说》："魏文侯与大夫饮酒，使公乘不仁为觞政，曰：'饮不釂者，浮以大白。'"

(7)"官长"句：唐杜甫《戏简郑广文虔兼呈苏司业源明》诗："醉则骑马归，颇遭官长骂。"

(8)囅(chǎn)：笑貌。

(9)"一口"二句：比喻一气呵成，融贯万法。一口吸西江，禅宗语。玄，玄妙。蕴，唐居士庞蕴。《景德传灯录·居士庞蕴》："(蕴)后之江西，参问马祖云：'不与万法为侣者是什么人？'祖云：'待汝一口吸尽西江水，即向汝道。'居士言下顿领玄要。"

(10)"岁寒"句：《论语·子罕》："岁寒，然后知松柏之后凋也。"

(11)丹槿(jǐn)：开红花的木槿。木槿，也作"木堇"，一种落叶灌木或小乔木。《淮南子·时则训》："木堇荣。"高诱注："木堇，朝荣莫(暮)落，树高五六尺，其叶与安石榴相似也。"

(12)八九椽：八九间房。唐杜甫《秋日夔府咏怀奉寄郑监李宾客一百韵》："甘子阴凉叶，茅斋八九椽。"椽，椽子，此指房屋的间数。

(13)森然：众多貌。《南齐书·陈显达传》："忠党有心，节义难遗。信次之间，森然十万。"玉笋：比喻才士众多。《新唐书·李宗闵传》："俄复为中书舍人，典贡举，所取多知名士，若唐冲、薛庠、袁都等，世谓之玉笋。"

次韵答张文潜病中见寄

与君涉世网[1]，　　所得如钩锱[2]。
念昔相乖离[3]，　　俯仰变寒暄[4]。
把袂安可期？　　寄书嘱加飱[5]。
三年汝水滨[6]，　　孤怀谁与言[7]？
末路非所望[8]，　　联镳金马门[9]。
校文多豫暇[10]，　　玄谈到羲轩[11]。
孰云笭箵小[12]？　　史书垂后昆[13]。
匪惟以旧闻[14]，　　牴牾良可刊[15]。
比枉病中作[16]，　　笔端淮海奔。
亟驾问所苦，　　兀坐一室闲[17]。
晤对不知夕[18]，　　归途斗星翻。
平时带十围[19]，　　颇复减臂环[20]。
君其专精神，　　微恙不足论[21]。
恺悌神所劳[22]，　　此理直如弦[23]。

【总说】

本诗作于元祐五年(1090)秋。是年张耒卧病城南，有诗见寄，少游次其韵。

张耒诗云："秦子我所爱，词若秋风清。……我虽见之晚，披豁尽平生。"(《寄答参寥子》)但少游与张耒相见虽晚，相知甚深。未见时，"寄书嘱加飱"；既见后，"玄谈到羲轩"，特别是三年来"孤怀谁与言"，得以尽情倾诉，足见交情非同一般。所以一旦张耒得病，少游亟往探视。"晤对不知夕","君其专精神",既是情感的交流,又是精神的慰藉,使人感受到天地间友情的可贵。

【注释】

(1) 世网:比喻法律、礼教、风俗等对人的束缚。三国魏嵇康《答难养生论》:"奉法循理,不绁世网。"

(2) 钩温:犹钓温,在温水上垂钓。温,水名。《方舆胜览》卷三十三《光化军》:"温水在城南三里,西南流入汉江。"此用唐韩愈《赠侯喜》诗"吾党侯生字叔起,呼我持竿钓温水。……举竿引线忽有得,一寸才分鳞与鬐"句意,谓所得无几。

(3) 乖离:分离。晋孙楚《征西官属送于陟阳候作诗》:"乖离即长衢,惆怅盈怀抱。"

(4) 寒暄:冷暖,代指冬夏,又代指岁月。南朝陈徐陵《为贞阳侯答王太尉书》:"自皇家祸乱,亟积寒暄。"

(5) 加飱(cān):多进饮食,系慰劝之辞。飱,同"餐"。《古诗十九首》之一:"弃捐勿复道,努力加餐饭。"

(6) 汝水:古水名,源出河南鲁山,流经宝丰、襄城、郾城、上蔡、汝南,注入淮河。

(7) 孤怀:孤高的情怀。唐孟郊《连州吟》:"孤怀吐明月,众毁烁黄金。"按少游《答曾存之》诗亦云:"环堵萧然汝水隈,孤怀炯炯向谁开。"

(8) 末路:谦词,犹末席、下位。汉王褒《四子讲德论》:"襄从末路,望听玉音,窃动心焉。"

(9) 联镳(biāo):并驾,坐骑相连。唐刘长卿《少年乐》诗:"射飞夸侍猎,行乐爱联镳。"镳,勒马所用的马嚼。金马门:汉宫门名。《史记·滑稽列传》:"金马门者,宦者署门也。门傍有铜马,故谓之曰金马门。"

(10)"校文"句：少游时在秘书省校对黄本书籍。豫暇，闲暇。

(11)玄谈：玄学谈论，指老庄之学。《抱朴子·嘉遁》："积篇章为敖庚，宝玄谈为金玉。"羲轩：伏羲氏和轩辕氏(黄帝)的并称。

(12)笭箵(líng xīng)：贮鱼的竹笼。唐皮日休《奉和鲁望渔具十五咏·笭箵》："朝空笭箵去，暮实笭箵归。"唐陆龟蒙《渔具诗序》："所载之舟曰舴艋，所贮之器曰笭箵。"此借指书箧。

(13)垂：流传。后昆：后嗣，子孙。《尚书·仲虺之诰》："以义制事，以礼制心，垂裕后昆。"

(14)匪(fēi)惟：非惟，不仅。匪，同"非"。

(15)牴牾：抵触，矛盾。唐柳宗元《送元十八山人南游序》："又况杨墨申商刑名纵横之说，其迭相訾毁牴牾而不合者，可胜言耶。"

(16)比：近来。枉：谦词，谓使对方受屈。唐柳宗元《答贡士元公瑾论仕进书》："前时所枉文章，讽读累日。"

(17)兀坐：独自端坐。唐宋之问《自洪府舟行直书其事》诗："愚以卑自卫，兀坐去沉滓。"

(18)晤对：会面交谈。

(19)带十围：形容身材粗大。《世说新语·容止》："庾子嵩长不满七尺，腰带十围。"此指张耒身体肥胖。黄庭坚《戏和文潜谢穆父松扇》诗："六月火云蒸肉山。"任渊注："文潜颇肥，故山谷诗有'虽肥如瓠壶'，陈后山诗有'诗人要瘦君则肥'之句。"

(20)减臂环：谓消瘦。臂环，臂钏。少游《对淮南诏狱二首》亦云："念归忘食事，日减臂环分。"

(21)"君其"二句：谓精神专一，结合药物治疗，病可愈。《素问·汤液醪醴论》："歧伯曰：针石道也。精神不进，志意不治，故病不可愈。"《汉书·魏相丙吉传》："方今天下少事，君其专精神，省思虑，近医药，以自持。"少游《曹虢州诗序》亦云："子方盍专精神，近药物。"微恙,小病,此为婉词。

(22) 恺悌:和乐平易。《诗经·大雅·旱麓》:"岂弟君子,神所劳矣。""岂弟"即"恺悌",《左传·僖公十二年》引《诗》作"恺悌",杜预注:"恺,乐也;悌,易也。"劳:佑助。

(23) 直如弦:像弓弦一样直。《后汉书·五行志一》:"顺帝之末,京都童谣曰:'直如弦,死道边。曲如钩,反封侯。'"此承上句而言,谓正直的人为神所佑。

【辑评】

[宋]阮阅《诗话总龟》卷三十九引《王直方诗话》:张文潜在一时中,人物最为魁伟。……而文潜卧病,秦少游又和其诗云"平时带十围,顿复减臂环。"皆戏语也。

春日五首(其一、其二、其四)

其 一

幅巾投晓入西园⁽¹⁾,春动林塘物物鲜。
却憩小庭才日出, 海棠花发麝香眠⁽²⁾。

其 二

一夕轻雷落万丝⁽³⁾,雾光浮瓦碧差差⁽⁴⁾。
有情芍药含春泪, 无力蔷薇卧晓枝⁽⁵⁾。

其 四

春禽叶底引圆吭⁽⁶⁾,临罢黄庭日正长⁽⁷⁾。
满院柳花寒食后, 旋钻新火爇炉香⁽⁸⁾。

【总说】

　　本组诗元祐六年(1091)作于汴京。此选第一、第二、第四首。第一首魏庆之《诗人玉屑》引《雪浪斋日记》称"海棠花发麝香眠"诗句"甚丽"。第二首写一夜春雨,晓来见晴,诗人进入西园,眼明手快,捕捉到当前美好景物:雾光下参差碧瓦,带雨后娇艳红花。尤其是后二句,用拟人手法,把芍药、蔷薇这些寻常花卉,赋予美人的情感,美人的姿态,"含春泪"、"卧晓枝",吐属清丽,神情毕肖,虽笔致柔婉,但与春光相融和。元好问《论诗绝句》评此诗:"拈出退之山石句,始知渠是女郎诗。"遗山喜雄浑之作,故于少游此诗有微词,然退之是写山石,少游是咏春日,描写对象不同,自然风格迥异,不可等量齐观。第三首写春鸟和鸣,柳花飞飏,际此暮春,诗人临摹黄庭,钻火焚香,透露出闲适之情。

【注释】

(1)幅巾:古代男子以全幅细绢裹头的头巾。西园:指金明池,在汴京顺天门外。

(2)麝香:指麝,一种小型鹿科动物,雄性香腺位于脐下,可分泌麝香。唐杜甫《山寺》诗:"麝香眠石竹,鹦鹉啄金桃。"

(3)万丝:比喻细雨。

(4)霁(jì)光:雨后阳光。差差(cī cī):一作"参差",不齐貌。钱锺书《宋诗选注》:"指绿琉璃瓦说;'浮'字描写太阳照在光亮物体上面的反射,李商隐《戏赠张书记》诗所谓'池光不受月'的'不受'也许是'浮'的好解释。"

(5)"有情"二句:唐白居易《长恨歌》:"玉容寂寞泪阑干,梨花一枝春带雨。"又:"侍儿扶起娇无力。"少游二句脱胎于此。芍(sháo)药:一种多年生草本植物,五月开花,花朵甚大,有多种色彩。是著名的观花植物。《诗经·郑风·溱洧》:"维士与女,伊其相谑,赠之以芍药。"后世因多以"芍药"指涉男女思慕之情。蔷薇,一种多年生落叶灌木,枝有小刺,花为白色或红色,是著名的观花植物。梁鲍泉《咏蔷薇》诗:"佳丽新妆罢,含笑折芳丛。"又梁刘缓《看美人摘蔷薇》诗:"钗边烂熳插,无处不相宜。"可见蔷薇与女性的关系。春泪,喻花上水珠。

(6)引圆吭:指鸟鸣声音圆润。

(7)黄庭:指《黄庭经》,道教经典著作之一。相传晋王羲之曾书写《黄庭经》以换鹅。

(8)"满院"二句：此与唐贾岛《清明日园林寄友人》诗"晴风吹柳絮，新火起厨烟"意境相仿。柳花，柳絮。新火，唐宋习俗，清明前一日禁火寒食，至清明日再生火。爇(ruò)，烧。

【辑评】

[宋]惠洪《天厨禁脔》卷中：《春日》："有情芍药含春泪，无力蔷薇卧晓枝。"又："白蚁拨醅官酒熟，紫绵揉色海棠开。"前少游诗，后山谷诗。夫言花与酒者，自古不可胜数，然皆一律，若两杰则以妙意取其骨而换之。

[宋]魏庆之《诗人玉屑》卷十八引《雪浪斋日记》：少游诗甚丽，如……"海棠花发麝香眠"……之句是也。

[明]瞿佑《归田诗话》卷上：此秦少游《春雨》诗也。非不工巧，然以退之《山石》句观之，渠乃女郎诗也。破却功夫，何至作女郎诗？又云：然诗亦相题而作，又不可拘以一律。如老杜云："香雾云鬟湿，清辉玉臂寒。""俱飞蛱蝶元相逐，并蒂芙蓉本自双。"亦可谓女郎诗耶？

[清]袁枚《随园诗话》卷五：元遗山讥秦少游云(诗略)，此论大谬。芍药、蔷薇，原近女郎，不近山石，二者不可相提而并论。诗题各有境界，各有宜称。

[现代]冯振《诗词杂话》：元好问《论诗绝句》云："有情芍药含春泪，无力蔷薇卧晓枝。拈出退之山石句，始知渠是女郎诗。"首二句则少游诗也。余尝反其意为一绝云："有情芍药含春泪，无力蔷薇卧晓枝。识得温柔本诗教，何妨时作女郎诗。"

[现代]钱锺书《谈艺录》：又(元好问)《论诗绝句》第二十四首论秦少游云："拈出退之山石句，始知渠是女郎诗。"施注引《中州集》及《归田诗话》。按《灵芬馆诗话》卷一亦引此二书，皆未及敬陶

孙《诗评》所云"秦少游如时女步春,终伤婉弱"。李方叔《师友谈记》载少游自论其文谓"点检不破,不畏磨难,然自以华弱为愧"云云。尤宜引以作证。

[现代] 周振甫《文学风格例话》：按这里把秦观的《春雨》诗和韩愈的《山石》诗比,在《春雨》诗是不是"女郎诗"问题上有不同看法。倘抛开这点,就风格看,《山石》诗比较刚健,《春雨》诗比较柔婉,大概不会有争论了。对照杜甫的诗来看,其中也可以有写得刚健的和柔婉的。

[现代] 徐培均《少游岂尽女郎诗》：秦观诗所反映的内容多种多样的,因而所呈现出来的艺术风格也是丰富多彩的。元好问以"女郎诗"一语概之,未免偏颇。其实"女郎诗"之说,并不自元好问始。早在元祐七年(1092)秦观写了《西城宴集》诗时,王仲至和苏东坡就曾摘出"帘幕千家锦绣垂"一句,戏称之为"小石调"(意为格调旖旎柔靡)。南宋敖陶孙《臞翁诗评》也说："秦少游如时女步春,终伤婉弱。"至此便由对个别辞语的讥讽发展为对整个诗风的评价。元好问《论诗绝句》评其《春日五首》之一云(略)。此诗一出,"女郎诗"遂成定谳,八百年来耳目相传,秦少游竟成为一位"女郎诗人"。其实这是不公平的。在广袤的诗国里,应该百花齐放。固然要有雄健豪放、清疏华润、严重高古的作品,但也得有婉美绮丽的篇什,正如词曲中既要有手执铜琵铁板高唱"大江东去"的关西大汉,也要有轻敲红牙檀板低吟"杨柳岸晓风残月"的十七八女郎,二者不可偏废,更不能褒贬从心,抑扬失实。宋人黄彻在《䂮溪诗话》卷三中说："淮海诗亦然,人戏谓小石调,然率多美句,但绮丽太盛耳。子美'并蒂芙蓉本自双'、'水荇牵风翠带长',退之'金钗半醉坐添春',牧之'春风十里扬州路',谁谓不可入《黄钟宫》邪？"以诗史著称的杜甫、风骨奇崛的韩愈都写了一些绮丽的抒情诗,为什么唯独秦观不可呢？

［现代］程千帆《宋诗精选》：秦观的《春日》五首,是这位特别敏感的诗人记录他从不同侧面反映自己在某一个春天的心灵活动的一组诗。这里所选二首,前者(其二)写夜来细雨以及花枝在雨后晓晴的娇惰神态,极为动人……但总的说来,其风格是偏于阴柔的和纤秀的(他的词在这点上表现得更加突出)。金人元好问《论诗》评此诗云(略)。按韩愈《山石》云:"山石荦确行径微,黄昏到寺蝙蝠飞。升堂望阶新雨足,芭蕉叶大栀子肥。"又云:"山红涧碧纷烂漫,时见松枥皆十围。"显然,元好问在壮美与优美、阳刚之美与阴柔之美或男性美与女性美之间有所轩轾。我们虽然尊敬元好问在诗歌创作和理论方面所取得的成就,但就这一点而论,却不能不为了他之不知欣赏异量之美而感到惋惜。对此前人也有所议论,清薛雪云:"先生休讪女郎诗,山石拈来压晓(当作"晓")枝。千古杜陵佳句在,云鬟玉臂也堪师。"又朱梦泉云:"淮海风流句亦仙,遗山创论我嫌偏。铜琶铁绰关西汉,不及红牙唱酒边。"而在古代作家中最鲜明地提出人们应当能够欣赏异量之美的,则是苏轼。他评书法说:"杜陵评书贵瘦硬,此论未公吾不凭。短长肥瘦各有态,玉环飞燕谁敢憎。"又云:"貌妍容有矉,璧美何妨椭?端壮杂流丽,刚健含婀娜。"前一条指出异量之美是客观存在,后一条更进一步指出异量之美不但并非完全对立而且可以互相渗透交融。这就比元好问的偏执圆通多了。当然,作为一位作家或批评家,任何人都有权标榜自己所推崇或爱好的风格,但作为一位文学史家,则必须有历史的眼光,对各种不同的作品及其风格,给以客观公正的评估,二者是有区别的。

题赵团练画江干晚景四绝

其 一

本自江湖客⑴,宦游常苦心⑵。
看君小平远⑶,怀我旧登临。

其 二

鸟外云峰晚, 沙头草树晴。
想初挥洒就, 侍女一齐惊⑷。

其 三

公子歌钟里⑸,何从识渺茫。
唯应斗帐梦⑹,曾到水云乡⑺。

其 四

晓浦烟笼树, 春江水拍空⑻。
烦君添小艇, 画我作渔翁。

【总说】

本诗元祐六年(1091)作于汴京。赵团练,即赵叔盎,据邓椿

《画继》等书,叔盎字伯充,宋宗室,善画马。黄庭坚有《同子瞻韵和伯允团练》诗。然此诗参寥次韵之作题为《次韵秦少游学士观宗室大年观察所画江干晚晴四首》,大年为赵令穰字,亦宋宗室,善画山水。据《宣和画谱》卷二十"(大年)官至崇信军节度观察留后",其任"观察"一职与参寥诗题同。又赵令畤《侯鲭录》引此诗题作《题大年画江干小景》,据此可证此画作者非叔盎,而为大年,少游此诗之题疑为后人所淆乱。按张邦基《墨庄漫录》云:"宗室令穰大年,善丹青,清润有奇趣。""米元章(芾)谓大年作画清丽,雪景类王维,汀渚水鸟有江湖意。予在京师时,尝偶得大年所作横卷归田园,竹篱茅舍,烟林蔽亏,遥岑远水,咫尺千里,葭芦鸥鹭,宛若江乡,盖大年得意画也。"少游题画之景与此相仿。

少游未入仕前,好作汗漫游,足迹遍及吴越等地名胜。"平生乐渔钓,放浪江湖间。兀兀寄幽艇,不忧浪如山。"(《艇斋》)写昔年乘幽艇放浪江湖,恣游山水,是何等自由自在。一旦为官,优游不再,既为公事"苦心",更忧小人中伤。所以正当他不得意时,看到大年山水画,自然怀念过去登山临水的美好日子,自然产生"烦君添小艇,画我作渔翁"的退隐念头。

【注释】

(1) 江湖客:浪迹江湖的人。唐杜甫《凭孟仓曹将书觅土娄旧庄》诗:"十载江湖客,茫茫迟暮心。"

(2) 宦游:外出求官或做官。唐杜审言《和晋陵陆丞早春游望》诗:"独有宦游人,偏惊物候新。"

(3) 小平远:指小幅的山水画。平远,山水画取景之法。据郭熙《林泉高致》,自近山望远山谓之平远,其色有明有晦,其意冲融而缥缥缈缈。又据邓椿《画继》所言"其(大年)所作多小轴,甚清丽",可见所谓"小平远"即小幅山水画。

(4)"想初"二句：此以侍女之惊叹，见大年所画山水之妙。挥洒，挥毫洒墨。唐杜甫《寄薛三郎中》诗："赋诗宾客间，挥洒动八垠。"

(5)公子：指赵大年。歌钟：伴唱的编钟。《左传·襄公十一年》："郑人赂晋侯……歌钟二肆。"杜预注："肆，列也。县（悬）钟十六为一肆。二肆，三十二枚。"孔颖达疏："言歌钟者，歌必先金奏，故钟以歌名之。《晋语》孔晁注云：'歌钟，钟以节歌也。'"

(6)斗帐：小帐，形如覆斗，故称。《释名·释床帐》："小帐曰斗帐，形如覆斗也。"

(7)水云乡：宋苏轼《南歌子·别润守许仲途》词："一时分散水云乡，唯有落花芳草断人肠。"傅榦注："江南地卑湿而多沮泽，故谓之水云乡。"《宣和画谱》卷二十："（大年）所写特是京城外陂坂汀渚之景耳，使周览江浙、荆湘崇山峻岭、江湖溪涧之胜丽，以为笔端之助，则亦不减晋宋流辈。"《画继》卷二："所见止京洛间景，不出五百里内故也。"据此可知大年未到过江南，故云。

(8)"春江"句：宋黄庭坚《次元明韵寄子由》诗"春风春雨花经眼，江北江南水拍天"可与此共参。

【辑评】

［宋］陈师道《次韵秦少游春江秋野图》其二：江清风偃木，霜落雁横空。若个丹青里，犹须着此翁。

任渊注：秦诗云："请君添小艇，画我作渔翁。"言少游方见用于世，非江海之士，不当画之渔舟也。

冒广生补笺：今按少游除太学博士时，右谏议大夫朱光庭言其素号薄徒，恶行非一，事在元祐五年五月。及除正字，御史中丞赵君锡、侍御史贾易，文章论其不检，事在元祐六年八月，并见《续通鉴长编》。后山此诗作于六年，正少游不得意时。此少游所以有

"小艇渔翁"之思,而山谷叹后山为不苟作也。任注惜未明。

[宋]胡仔《苕溪渔隐丛话》后集卷十三:秦少游题扇头小诗云:"绝岛烟生树,秋江浪拍空。凭君添小艇,画我作渔翁。"余尝用此写真,则玄真子家风也。

[宋]陆游《出游归卧得杂诗》:江村何处小茅茨,红杏青蒲雨过时。半幅生绡大年画,一联新句少游诗。

[现代]徐培均、罗立刚《秦观诗词文选评》:(第四首)诗的前两句,是描绘画中之景,平远构图,烟浦春水,无甚可奇。所可注意者,是后两句作者的感慨。为什么看到这幅春江晓景,会生出渔翁之思呢?当时,作者正值壮年,何以有些退隐之念?考以《续资治通鉴长编》可知,元祐五年五月,朝廷有太学博士之除,而谏议大夫朱光庭奏以其素号薄徒,恶行非一。元祐六年八月,少游除正字,御史中丞赵君锡、侍御史贾易又交章论其不检。可见当时党争已十分激烈,少游每为小人所中,心情自然郁闷,故而见到这幅闲适小景,顿生退隐之志。知人论世,了解这些历史背景。我们才能对这首诗中的感情有一个更加深入的体会。

次韵酬陈传道

白发三冬学[1],青衫八尺身[2]。
谁知人上杰[3],聊作吏中循[4]。
挥翰通元气[5],开编友古人[6]。
寄声张氏子, 曲逆岂长贫[7]。

【总说】

本诗作于元祐七年(1092)春。陈传道,字师仲,陈师道之兄,彭城(今江苏徐州)人。陈师道兄弟曾从苏轼游,苏轼有"二陈既妙士"之称(《和赵德麟送陈传道》)。又苏轼《与陈传道书》云:"知传道日课一诗,甚善,此技虽高才,非甚习不能工。"(《邵氏闻见后录》卷十八)陈传道作为人中豪杰,"挥翰通元气,开编友古人",却从事管库吏,可见大材小用。

诗人惋叹之余,用曲逆侯之典故,予以勉励,寄意深长。

【注释】

(1)三冬:三年。《汉书·东方朔传》:"年十三学书,三冬文史足用。"唐刘禹锡《酬乐天偶题酒瓮见寄》诗:"三冬学任胸中有,万户侯须骨上来。"

(2)青衫:指卑微的官职。唐制八品、九品的低级文官官服为青色,故称,后世沿之。时传道任管库吏,官职卑微,故云。唐白居易《琵琶行》:"座中泣下谁最多?江州司马青衫湿。"

(3)人上杰:即人中豪杰。

(4)吏中循:即循吏,奉法循理的官员。《史记·太史公自序》:"奉法循理之吏,不伐功矜能,百姓无称,亦无过行。"

(5)挥翰:挥毫,挥笔。元气:天地自然的精气。唐刘长卿《岳阳馆中望洞庭湖》诗:"叠浪浮元气,中流没太阳。"

(6)友古人:与古人为友。此用《孟子·万章下》"尚论古之人,颂其诗,读其书,不知其人,可乎?是以论其世也,是尚友也"。

(7)曲逆:谓西汉开国功臣陈平,他帮助刘邦取天下,因功而封为曲逆侯。曲逆,地名,今河北顺平东。《史记·陈丞相世家》:"及(陈)平长,可娶妻,富人莫肯与者,贫者平亦耻之。久之,户牖富人有张负,然此张负既称富人,或恐是丈夫尔。张负女孙五嫁而夫辄死,人莫敢娶。平欲得之。……张负归,谓其子仲曰:'吾欲以女孙予陈平。'张仲曰:'平贫不事事,一县中尽笑其所为,独奈何予女乎?'负曰:'人固有好美如陈平而长贫贱者乎?'卒与女。"

寄少仪弟

一隔音尘月屡迁⁽¹⁾，　忽收来问涕潸然⁽²⁾。
栖迟册府吾如昨⁽³⁾，　流落江村汝可怜。
梦里漫成池草句⁽⁴⁾，　愁来空诵棣华篇⁽⁵⁾。
卑飞暂尔无多恨⁽⁶⁾，　会有高风送上天⁽⁷⁾。

【总说】

本诗元祐六年(1091)作于汴京。少仪，秦觏之字，少游之弟。岁月如流，音尘相隔，少游忽得其弟少仪来书，不由怅触于心，潸然泪下。

颔联透露了个中消息：这年八月，少游迁正字才一个月，因贾易诋毁他"不检"，被罢正字，仍为校对黄本书籍。"栖迟"句，反映了作者罢官正字后的不平心绪。这年三月，少游弟少章登马涓榜进士第，而少仪仍居江村，"流落"句，表达了诗人对胞弟的深切同情。颈联借兄弟典故，写手足情谊。尾联说"卑飞"是暂时的，有朝一日会"送上天"，既关怀现在，又寄托未来。千载之下，读了此诗，仍能感受到浓浓的友于之情。

【注释】

(1) 音尘：音信。南朝宋谢庄《月赋》："美人迈兮音尘阙，隔千里兮共明月。"月屡迁：指时光不断流逝。宋苏轼《卧病弥月闻垂云花开顺阇黎以诗见招次韵答之》诗："宴坐春强半，清阴月屡迁。"

(2) 潸(shān)然：流泪貌。唐卢照邻《送幽州陈参军赴任寄呈乡曲父老》诗:"送君之旧国,挥泪独凄然。"

(3)栖迟:滞留。《后汉书·冯衍传下》:"久栖迟于小官,不得舒其所怀。"册府:古时帝王藏书之所。《晋书·葛洪传论》:"紬奇册府,总百代之遗编。"

(4)"梦里"句:言少仪亦如南朝宋谢惠连"才思富捷"(钟嵘《诗品》),故梦见他常得佳句。《南史·谢惠连传》:"族兄灵运嘉赏之,云:'每有篇章,对惠连辄得佳语。'尝于永嘉西堂思诗,竟日不就,忽梦见惠连,即得'池塘生春草',大以为工,常云:'此语有神功,非吾语也。'"

(5)棣华篇:即《诗经·小雅》中的《常棣》篇。棣华,棠棣的花。棠棣,也作"常棣",木名。《诗经·小雅·常棣》:"常棣之华,鄂不韡韡。凡今之人,莫如兄弟。"后世因以棣华喻兄弟。

(6)卑飞:低飞。此言仕进不利。唐杜甫《赠郑十八贲》诗:"卑飞欲何待,捷径应未忍。"

(7)"会有"句:唐杜甫《赠献纳使起居田舍人澄》诗:"扬雄更有河东赋,唯待吹嘘送上天。"

送少章弟赴仁和主簿

我宗本江南⁽¹⁾，　　为将门列戟⁽²⁾。
中叶徙淮海，　　不仕但潜德⁽³⁾。
先祖实起家，　　先君始缝掖⁽⁴⁾。
议郎为名士⁽⁵⁾，　　余亦忝词客⁽⁶⁾。
风流以及汝，　　三通桂堂籍⁽⁷⁾。
汝弱不好弄⁽⁸⁾，　　文章有风格。
久从先生游⁽⁹⁾，　　术业良未测⁽¹⁰⁾。
武林一都会⁽¹¹⁾，　　山水富南国。
下有贤别驾⁽¹²⁾，　　上有明方伯⁽¹³⁾。
干将入砥砺⁽¹⁴⁾，　　騕褭就衔勒⁽¹⁵⁾。
勿矜孔鸾姿⁽¹⁶⁾，　　不乐栖枳棘⁽¹⁷⁾。
吴中多高士，　　往往寄老释⁽¹⁸⁾。
辨才虽物化⁽¹⁹⁾，　　参寥犹夙昔⁽²⁰⁾。
投闲数访之，　　可得三友益⁽²¹⁾。
少来轻别离，　　老去重乖隔⁽²²⁾。
念汝远行役，　　惘惘意不怿⁽²³⁾。
道山虽云佳⁽²⁴⁾，　　久寓有饥色。
功名已绝意，　　政苦婚嫁迫⁽²⁵⁾。
终从大人议⁽²⁶⁾，　　税驾邗沟侧⁽²⁷⁾。
追踪汉两疏⁽²⁸⁾，　　父子老阡陌⁽²⁹⁾。

【总说】

　　本诗元祐七年(1092)年作于汴京。少章,秦觌之字,少游之弟。是年少章登马涓榜进士第,授仁和县主簿,少游作诗送之,同时范纯父、张耒、晁无咎等亦以诗文相赠。仁和,即临安(今浙江杭州)。主簿,地方长官的佐官,主管文书,助理事务。唐宋时为初事之官。

　　此诗前十句写家世,一门风流,三通桂籍,诗人引为自豪。中间写少游勉励其弟转益多师,力学砥砺,在术业上有所作为。自"少来"句起写送别后为对方着想。"少来轻别离,老去重乖隔",别离无所谓轻重,但由于年龄差异而致感觉不同,少游因是过来人,故有深深体会。这两句诗与王安石"少年离别意非轻,老去相逢亦怆情",一样道出了千古离别之心态,颇为感人。最后写其弟老去好追随两疏,效仿他们父子一起归隐田园,其实亦反映了诗人的心愿。

【注释】

　　(1)"我宗"句:谓秦氏先人本居于江南。据《秦氏宗谱》:"吾宗先望会稽,后徙淮海,中间世系显晦不详,荐经兵燹,莫可考据。"

　　(2)门列戟:官庙、官府及显贵之府第列戟于门前,以为仪仗。《宋史·舆服志》:"门戟,木为之而无刃,门设架而列之,为之棨戟。"

　　(3)潜德:谓藏德于内,而不显露。汉刘歆《遂初赋》:"处幽潜德,含理神兮。"

　　(4)"先祖"二句:述父祖事。先祖,指少游祖父秦承议。先君,指少游父亲秦元化。缝掖,即"缝腋",宽袖单衣,古代儒者之服,后代指儒者。《后汉书·王符传》:"徒见二千石,不如一缝掖。"

　　(5)议郎:散阶官号,有承议郎、奉议郎、宣议郎等。

　　(6)忝:谦词,惭愧。词客:擅长文词的人。唐王维《偶然作》诗:"宿世谬词客,前身应画师。"

(7)"三通"句:言少游与其叔父秦定、其弟少章三人先后登第。桂堂籍,即桂籍,科举登第人员的名籍。

(8)弱不好弄:幼年时不喜欢玩耍。弱,年幼,年少。弄,嬉戏,玩耍。语出《左传·僖公九年》:"夷吾弱不好弄,能斗不过,长亦不改,不知其他。"南朝宋颜延之《陶征士诔》:"弱不好弄,长实素心。"

(9)先生:指苏轼。少章早年曾从学苏轼于杭州。

(10)术业:学术技艺。唐韩愈《师说》:"闻道有先后,术业有专攻,如是而已。"

(11)武林:杭州的别称,以武林山得名。

(12)别驾:旧官名,地方长官的佐僚。

(13)方伯:一方诸侯之长,后泛称地方长官。此谓州守苏轼。

(14)干将:古宝剑名,传为春秋时名铸剑师干将所铸。砥砺:在磨石上磨。《荀子·性恶》:"阖闾之干将、莫邪、巨阙、辟闾,此皆古之良剑也,然而不加砥厉(同'砺'),则不能利。"

(15)騕褭(yǎo niǎo):古骏马名。衔勒:马嚼口和马络头。《孔子家语·执辔》:"夫德法者,御民之具,犹御马之有衔勒也。"

(16)矜:自夸,自恃。孔鸾:孔雀和鸾鸟。鸾,凤一类的鸟。此喻美好而高贵者。

(17)枳(zhǐ)棘:枳木与棘木,因其刺多而被认为是恶木。

(18)老释:指道教、佛教,借开教的老子、释迦牟尼来代称。

(19)辩才:僧名,俗名徐无象,于潜(今浙江临安)人,少年时出家,法名元净。物化:去世。

(20)夙昔:朝夕。指经常过从。

(21)三友益:《论语·季氏》:"益者三友,损者三友。友直,友谅,友多闻,益矣。"

(22) 乖隔：别离。汉蔡琰《悲愤诗》："存亡永乖隔，不忍与之辞。"

(23) 不怿(yì)：不开心。

(24) 道山：谓儒林、文苑，此指秘书省。时秦观为秘书省校对黄本书籍。

(25) 政：同"正"。婚嫁：此指少游的儿子秦湛和女儿（嫁范温）的婚事。

(26) 大人：对长辈的尊称，此当指少游之母。

(27) 税(tuō)驾：解下驾车的马，也即停车，指休息。南朝宋鲍照《临川王服竟还田里》诗："税驾罢朝衣，归志愿巢壑。"邗(hán)沟：即邗江，今江苏境内扬州至淮安的一段运河，传为春秋时吴王夫差所开。

(28) 两疏：汉疏广与其侄疏受的合称。疏广官太傅，疏受官少傅，因年老而一起辞官。

(29) 阡陌：犹田垄，此处代指隐退之地。晋陶渊明《归园田居》之六："种苗在东皋，苗生满阡陌。"

送李端叔从辟中山

人畏朔风声，　　我闻独宽怀。
岂不知凛冽，　　为自中山来⁽¹⁾。
端叔天下士⁽²⁾，　淹留蹇无成⁽³⁾。
去从中山辟，　　良亦慰平生。
与君英妙时⁽⁴⁾，　侠气上参天。
孰云行半百，　　身世各茫然。
当时儿戏念，　　今日已灰死⁽⁵⁾。
著书如结氂⁽⁶⁾，　聊以忘忧耳。
骎骎岁遒尽⁽⁷⁾，　淮海归无期。
功名良独难，　　虽成定奚为⁽⁸⁾？
念君远行役⁽⁹⁾，　中夜忧反侧⁽¹⁰⁾。
揽衣起成章⁽¹¹⁾，　赠以当马策⁽¹²⁾。

【总说】

本诗元祐八年(1093)作于汴京。是年九月，苏轼出知定州，辟李之仪为幕僚。李之仪，字端叔，号姑溪居士，沧州无棣(今属山东)人。治平间进士。徽宗初提举河南常平。工诗词，有《姑溪居士集》。辟，征召，荐举。中山，古国名，在今河北定县、唐县一带，此代指定州。

此诗首八句写友人李之仪虽为"天下士"，但仕途不得志，今辟为中山幕僚，良可告慰平生。中间十二句，诗人追忆两人年轻时，侠气纵横，有四方之志。孰料年近半百，壮志消磨，功名难就，岁月将尽,回乡无期,唯著书忘忧而已。末四句写深夜不眠,作诗赠别,用马策典故,意味深长。全诗怀古追今,四句一转韵,转折自如。

【注释】

(1)"人畏"四句:谓中山国朔风凛冽,别人听了畏惧,我听了宽心,因为苏轼在那里担任行政长官。此乃鼓励朋友之语。少游《清和先生传》有"予尝过中山,慨然想先生之风声"(按"清和先生"乃少游为酒所取的拟人化名称)之语,可见他曾到中山拜访过苏轼。

(2)天下士:才德非凡之士。《史记·鲁仲连邹阳列传》:"始以先生为庸人,吾乃今日知先生为天下之士也。"

(3)淹留:滞留。《楚辞·九辩》:"时亹亹而过中兮,蹇淹留而无成。"蹇(jiǎn):语助词,无实义。

(4)英妙时:美好的少壮时期。唐杜甫《七月一日题终明府水楼》诗:"宓子弹琴邑宰日,终军弃繻英妙时。"

(5)灰死:即死灰,因押韵而倒装。《庄子·知北游》:"形若槁骸,心若死灰。"此用其意。

(6)结氂(máo):同"结耗",用羽毛编织饰物。氂,牦牛。《三国志·蜀书·诸葛亮传》裴松之注引《魏略》:"备性好结耗,时适有人以氂(氂)牛尾与备者,备因手自结之。亮乃进曰:'明将军当复有远志,但结耗而已邪?'备知亮非常人也,乃投耗而答曰:'是何言与!我聊以忘忧耳。'"

(7)"骎骎(qīn)"句:言时光迅速流逝,一年将尽。骎骎,马疾行的样子。梁简文帝《纳凉》诗:"斜日晚骎骎,池塘半生阴。"道尽,迫近尽头。《楚辞·九辩》:"岁忽忽而道尽兮,恐余寿之弗将。"

(8)"功业"二句:谓功名建立确实不易,但成功后又怎么样呢?此写诗人之矛盾心理。功名,功业和名声。《庄子·山木》:

"削迹损势,不为功名。"定,究竟。奚为,何为。

（9）行役：本义是因兵役、劳役或官事而出外远行,泛指行旅。

（10）反侧：翻来覆去,形容睡卧不安。《诗经·周南·关雎》："悠哉悠哉,展转反侧。"

（11）揽衣：提起衣衫。《古诗十九首》之十九："忧愁不能寐,揽衣起徘徊。"章：指诗篇。

（12）马策：马鞭。按《左传·文公十三年》载,晋士会投奔秦国,晋人担心秦国人任用士会,便诱他归来。临行,秦国大夫绕朝把马鞭送给士会,说："子无谓秦无人,吾谋适不用也。"本诗里用此典表示惜别。唐李白《送羽林陶将军》诗："莫道词人无胆气,临行将赠绕朝鞭。"

【辑评】

［现代］钱基博《中国文学史》第五编：（见《田居四首》辑评）

次韵答米元章

嗜好清无滓⁽¹⁾，　周旋粲有文⁽²⁾。
挥毫春在手⁽³⁾，　岸帻海生云⁽⁴⁾。
花鸟空撩我⁽⁵⁾，　莼鲈正属君⁽⁶⁾。
唯应读雌蜺，　差不愧王筠⁽⁷⁾。

【总说】

本诗元祐八年(1093)作于汴京。米元章，即米芾，字元章，号襄阳漫士、鹿门外史、海岳外史，祖籍太原，定居润州(今江苏镇江)，以母侍宣仁太后藩邸旧恩，补浛洸尉。历知雍丘县、涟水军，太常博士，知无为军。召为书画学博士，赐对便殿，上其子友仁所作《楚山清晓图》，擢礼部员外郎。书画并工，兼擅诗文。有《画史》、《书史》、《宝晋英光集》。

此诗前四句写米芾风流儒雅及其嗜好穿戴，形象鲜明，宛如一幅人物特写。五六句为互文，花鸟莼鲈，各撩人无限乡思。末二句用"雌蜺"典故，说明知音代有人，既是自谦语，亦是自负语。

【注释】

(1)"嗜好"句：写米芾的洁癖。无滓，没有浊秽。按《宋史·米芾传》载芾"好洁成癖，至不与人同巾器"。南朝梁江淹《杂体三十首·殷仲文兴瞩》："莹情无余滓，拂衣释尘务。"

(2)"周旋"句：谓米芾举止有礼，文采斐然。周旋，指古代行礼时进退揖让的动作。《孟子·尽心下》："动容周旋中礼者，盛德之至也。"

(3)"挥毫"句：即笔下生春之意。按《宋史·米芾传》载："芾为文奇险，不蹈袭前人轨辙。特妙于翰墨，沉著飞翥，得王献之笔意。画山水人物，自名一家。"

(4)"岸帻"句：写米芾的洒脱之状。岸帻(zé)，掀起头巾露出前额，形容洒脱无拘束。曾敏行《独醒杂志》载米芾"尝衣冠出谒，帽檐高，不可以乘肩舆，乃彻(撤)其盖"。

(5)撩：挑逗，挑弄。唐韩愈《次同冠峡》诗："无心思岭北，猿鸟莫相撩。"

(6)"莼鲈"句：写各起乡思。《世说新语·识鉴》："张季鹰(翰)辟齐王东曹掾，在洛见秋风起，因思吴中菰菜羹、鲈鱼脍，曰：'人生贵得适意尔，何能羁宦数千里以要名爵？'遂命驾便归。""菰菜羹"，《晋书·张翰传》作"菰菜、蓴羹"，蓴，即莼。

(7)"唯应"二句：据《梁书·王筠传》载，沈约"制《郊居赋》，构思积时，犹未都毕，乃要(邀)筠示其草，筠读至'雌霓连蜷'，约抚掌欣抃曰：'仆尝恐人呼为霓。'"又说："知音者希，真赏殆绝，所以相要，政在此数句耳。"按古音雌霓(蜺)之"霓(蜺)"可读入声，云霓之"霓"则读平声。沈约赋午"雌霓连蜷"句，从声律上判断，"霓"字应读入声，王筠读音正确，故沈约许为知音。

寄 陈 季 常

一钩五十犗， 始具任公钓(1)。
揭竿趣灌渎(2)， 与尔不同调(3)。
先生本西蜀(4)， 侠气见英妙(5)。
哀怜世间儿， 细點似黄鹄(6)。
侍童双擢玉， 鬓发光可照(7)。
骏马锦障泥(8)， 相随穷海峤(9)。
平生携手好， 十七登廊庙(10)。
小生相吏耶， 徒枉尺书召(11)。
暮年更折节(12)， 学佛得心要(13)。
鬻马放阿樊(14)， 幅巾对沉燎(15)。
泠泠屋外泉， 兀兀原头烧(16)。
欲知山中乐， 万古同一笑(17)。

【总说】

本诗作于元祐间。陈季常，即陈慥，字季常，眉州（今四川眉山）人。少时慕朱家、郭解为人。稍壮，折节读书，欲以此驰骋当世，然终不遇。晚乃遁于光、黄间，曰岐亭。庵居蔬食，不与世相闻。弃车马，毁冠服，徒步往来山中。环堵萧然，而妻子奴婢皆有自得之意。事见苏轼《方山子传》。

陈季常是一个不平凡的人，少游也要借助不平凡的人来写他。此诗起手不凡，诗人把陈季常比作钓大鱼的任公子，可见其经世之志；又把他比作"好持高节"的鲁仲连，可见其豪侠之气。他轻富贵甘贫贱,往来山中为乐,表现了"穷则独善其身,达则兼济天下"的处世心态。全诗对比强烈,加上穿插"侍童"、"阿樊"的细节描写,把陈季常刻画得须眉生动。苏轼以文为记,少游以诗为记,各有千秋,堪为人物传记杰作。

【注释】

(1)"一钩"二句:语本《庄子·外物》:"任公子为大钩巨缁,五十犗以为饵,蹲乎会稽,投竿东海,旦旦而钓,期年不得鱼。已而大鱼食之,牵巨钩,錎没而下,骛扬而奋鬐,白波若山,海水震荡,声侔鬼神,惮赫千里。"犗(jiè),阉牛。

(2)"揭竿"句:语出《庄子·外物》:"夫揭竿累,趣灌渎,守鲵鲋,其于得大鱼难矣。"揭竿,举竿。灌渎,灌溉用的沟渠。

(3)不同调:言任公子垂钓东海,而世人投竿沟渎,两者志趣不可同日而语。同调,比喻志趣相同、道义相同。南朝宋谢灵运《七里濑》诗:"谁谓古今殊?异世可同调。"

(4)"先生"句:季常本为蜀地眉山人,故云。其祖上为京兆人,唐广明间避难迁眉州青神之东山。

(5)英妙:美好的少壮时期。

(6)"细黠"句:语本唐韩愈《嘲鲁连子》诗:"鲁连细而黠,有似黄鹞子。"细黠,精细狡黠。鹞,一种鹰科猛禽,比鹰小。鲁连,鲁仲连,战国时齐国人。《史记·鲁仲连传》载其"好奇伟俶傥之画策,而不肯仕宦任职,好持高节",田单"欲爵之,鲁连逃隐于海上,曰:'吾与富贵而诎于人,宁贫贱而轻世肆志焉。'"

(7)"侍童"二句:胡仔《苕溪渔隐丛话》后集卷三十九:"东坡云:'龙丘子自洛之蜀,载二侍女,戎装骏马。至溪山佳处,辄留数日,见者以为异人。……作《临江仙》赠之云:细马远驮双侍女,青巾玉带红靴。溪山好处便为家。……'龙丘子,即陈季常也。秦太虚寄之以诗,亦云:'侍童双擢玉,鬓发光可照。……暮年更折节,学佛得心要。'……观此,则知季常载二侍女以远遊,及暮年甘于枯寂。"擢玉,谓人之俊秀。

(8) 障泥:马鞍的垫子,用来遮挡泥土。《世说新语·术解》:"王武子善解马性。尝乘一马,著连钱障泥。前有水,终日不肯渡。"

(9) 海峤(jiào):海边山岭。唐张九龄《送使广州》诗:"家在湘源住,君今海峤行。"

(10) 十七:十分之七。廊庙:殿下屋和太庙,代指朝廷。

(11) "小生"二句:此承上而言,说自己亦为官于朝廷,有负于故人来书邀请。小生,旧时士子对自己的谦称。相吏,辅佐诸侯之官。《汉书·朱云传》:"(丞相薛宣)备宾主礼,因留云宿,从容谓云曰:'在田野亡(无)事,且留我东閤,可以观四方奇士。'云曰:'小生乃欲相吏邪?'"枉,谦词,谓使对方受屈。尺书,书信。

(12) 折节:强自克制,改变平素志行。《史记·郭解传》:"及解年长,更折节为俭,以德报怨,厚施而薄望。然其自喜为侠益甚。"苏轼《方山子传》:"(陈慥)稍壮,折节读书,欲以此驰骋当世。"

(13) 心要:佛教语,指心性上精要的法义。唐白居易《八渐偈》序:"居易常求心要于师,师赐我八言焉:曰观,曰觉,曰定,曰慧,曰明,曰通,曰济,曰捨。"

(14) "驈(yù)马"句:唐白居易《不能忘情吟序》:"妓有樊素者,年二十余,绰绰有歌舞态,善唱杨枝,人多以曲名名之。"诗云:"驈骆马兮放杨柳枝,掩翠黛兮顿金羁。"按《容斋三笔》云:"(陈季常)好宾客,喜畜声妓,然其妻柳氏绝凶妒,……坡又尝醉中与季常书云:'一绝乞秀英君。'想是其妾小字。黄鲁直元祐中有与季常简曰:'审柳夫人时须医药,今已安平否?公暮年来想渐求清净之乐,姬媵无新进矣,柳夫人比何所念以致疾邪?'"可知"暮年"二句,即

"暮年来想渐求清净之乐"。"姬媵无新进",可知陈季常所蓄声妓如"秀英"等,因其妻凶妒(有河东狮吼之称)而离去。

(15)沉燎:焚烧沉香的火。南朝梁江淹《杂体三十首·休上人怨别》:"膏炉绝沉燎,绮席生浮埃。"

(16)兀兀:静止的样子。唐韩愈《雉带箭》诗:"原头火烧静兀兀,野雉畏鹰出复没。"

(17)"欲知"句:苏轼《方山子传》:"皆弃不取,独来穷山中。"《楚辞·九章·涉江》:"哀吾生之无乐兮,幽独处乎山中。"此反用其意,谓山中也有乐趣。

【辑评】

[宋]洪迈《容斋三笔》卷三:陈慥字季常,公弼之子,居于黄州之岐亭,自称龙邱先生,又曰方山子。好宾客,喜畜声妓,然其妻柳氏绝凶妒,故东坡有诗云:"龙丘居士亦可怜,谈空说有夜不眠。忽闻河东师(狮)子吼,拄杖落手心茫然。"河东师子,指柳氏也。坡又尝醉中与季常书云:"一绝乞秀英君。"想是其妾小字。黄鲁直元祐中有与季常简曰:"审柳夫人时须医药,今已安平否?公暮年来想渐求清净之乐,姬媵无新进矣,柳夫人比何所念以致疾邪?"又一帖云:"承谕老境情味,法当如此,所苦既不妨游观山川,自可损药石,调护起居饮食而已。河东夫人亦能哀怜老大,一任放不解事邪?"则柳氏之妒名固彰著于外,是以二公皆言之。

[宋]胡仔《苕溪渔隐丛话后集》卷三十九:东坡云:"龙丘子自洛之蜀,载二侍女,戎装骏马,至溪山佳处,辄留数日,见者以为异人。后十年筑室黄冈之兆,号静庵居士,作《临江仙》赠之云:细马远驮双侍女,青巾玉带红靴。溪山好处便为家。谁知巴峡路,却是洛城花。面旋落英飞玉蕊,人间春日初斜。十年不见紫云车。龙丘新洞府,铅鼎养丹砂。"龙丘子,即陈季常也。秦太虚寄之以诗亦

云:"侍童双擢玉,鬟发光可照。骏马锦障泥,相随穷海峤。……暮年更折节,学佛得心要。鬻马放阿樊,幅巾对沉燎。"《西清诗话》云:季常自以为饱禅学,妻柳颇悍忌,季常畏之。故东坡因诗戏之,有"忽闻河东狮子吼,拄杖落手心茫然"之句,观此,则知季常载二侍女以远游,及暮年甘于枯寂,盖有所制而然,亦可悯笑也。

绍圣年间

赴杭倅至汴上作

俯仰觚棱十载间⁽¹⁾,扁舟江海得身闲。
平生孤负僧床睡⁽²⁾,准拟如今处处还⁽³⁾。

【总说】

本诗作于绍圣元年(1094)。秦瀛《淮海先生年谱》云:"春三月,李清臣发策试进士,始有绍复熙、丰之意。……先生坐党籍,改馆阁校勘,出为杭州通判。先生至汴上,作诗一绝。"倅(cuì),州郡长官的副职,此指杭州通判。汴上,即北宋都城汴京。

诗人未入仕前,是"身在江海之上,心居乎魏阙之下"(《庄子·让王》)。入仕后,俯仰间十年过去,当辞别京城,回归江海,诗人的感慨可想而知。但想到"得身闲",差可安慰。"平生孤负僧床睡,准拟如今处处还"即写其闲适之况,借"僧床"来忘却世间种种烦恼。孰料这二句成为诗谶。苏轼有诗云:"报道先生春睡美,道人轻打五更钟。"章惇以为太逍遥了,把他贬谪到海南儋州。少游此诗亦然,当政者亦以为太安闲了,落职为监处州酒税。看来在政治斗争中,当政者对异己者总是不让安稳,必欲置之死地而后快。

【注释】

(1)"俯仰"句:少游自元丰八年(1085)中进士入仕途,至本年,已是十载,故云。觚(gū)棱,宫阙顶上转角处的瓦脊,借指京城。汉班固《西都赋》:"设璧门之凤阙,上觚棱而栖金爵。"

(2) 孤负：即辜负，对不住。唐韩愈《感春四首》之三："孤负平生心，已矣知何奈。"僧床睡：表示有出世之心。

(3) 准拟：打算，准备。处处(chǔ)：安居。《诗经·大雅·公刘》："京师之野，于时处处，于时庐旅。"

【辑评】

　　[宋] 阮阅《诗话总龟》前集卷三十四引《王直方诗话》：少游绍圣初请外，以校勘为杭倅，方至楚泗间，有诗云："平生遣欠僧房睡，准拟如今处处还。"诗成之明日，以言者落职，监处州酒（税）。人以为诗谶。

　　[宋] 吴可《藏海诗话》：秦少游诗："平生遣欠僧坊睡，准拟如今处处还。"又晏叔原词："唱得梅花字字香。"如"处处还"、"字字香"，下得巧。

　　[宋] 胡仔《苕溪渔隐丛话》前集卷四十：《王直方诗话》云："秦少游绍圣间谪外，以校勘为杭倅，方至楚、泗间，有诗云：'平生遣欠僧坊睡，准拟如今处处还。'诗成之明日，以言者落职，监处州酒。好事者以为诗谶。"……苕溪渔隐曰："人之得失生死，自有定数，岂容前兆，乌得以诗谶言之？何不达理如此，乃庸俗之论也。如东坡自黄移汝，别雪堂邻里，有词云：'百年强半，来日苦无多。'盖用退之诗'年皆过半百，来日苦无多'之语；然东坡自此脱谪籍，登禁从，累帅方面。晚虽南迁，亦几二十年，乃薨。则'来日苦无多'之语，何为不成谶耶？"

处州水南庵二首

其 一

竹柏萧森溪水南⁽¹⁾,道人为作小圆庵⁽²⁾。
市区收罢鱼豚税⁽³⁾,来与弥陀共一龛⁽⁴⁾。

其 二

此身分付一蒲团⁽⁵⁾,静对萧萧玉数竿⁽⁶⁾。
偶为老僧煎茗粥⁽⁷⁾,自携修绠汲清宽⁽⁸⁾。

【总说】

本诗作于绍圣二年(1095)。此二诗亦见《东坡全集》卷三十,系误收,查慎行《苏诗补注》:"以上二首,见《淮海集》第十一卷中。盖少游于绍圣初坐党籍,由国史编修官出通判杭州。御史刘拯复论其增损《神宗实录》,贬监处州酒税。使者承望风指,伺候过失,不可得。以谒告写佛书为罪,削秩,徙郴州。此二首正贬处州时作,故有'市区收税'、'一龛蒲团'之句。今据此为驳正。"处州,今浙江丽水。

竹柏萧萧,溪水潺潺,环境可谓幽静极了;与弥陀共一龛,替老僧煮茶粥,心情可谓安闲极了。昔为国史编修官,今为市区收税吏,落差巨大,写来却是何等平静。可见在激烈的党争中,作者已不存妄想,不过是自我宽慰而已。

【注释】

(1) 萧森：草木茂密貌。唐王适《铜雀妓》诗："萧森松柏望，委郁绮罗情。"

(2) 道人：此指僧人。庵：圆顶草屋。

(3) 市区：商业区。宋苏辙《东轩记》："昼则坐市区鬻盐沽酒税豚鱼，与市人争寻尺以自效。"

(4) 弥陀：阿弥陀佛的简称，佛教所言西方极乐世界之主。龛：供奉神佛的石室或小阁。宋苏轼《自金山放船至金焦》诗："自言久客忘乡井，只有弥勒为同龛。"

(5) 分付：交付，付与。蒲团：用蒲草编成的圆形垫子，多为僧人坐禅和礼佛时所用。唐欧阳詹《永安寺照上人房》诗："草席蒲团不扫尘，松间石上似无人。"

(6) 萧萧：稀疏。唐牟融《游报本寺》诗："茶烟袅袅笼禅榻，竹影萧萧扫径苔。"玉数竿：指几竿竹子。

(7) 茗粥：即茶粥。宋黄庭坚《次韵子瞻题无咎所得与可竹二首粥字韵……》诗："十字供笼饼，一水试茗粥。"任渊注："茶古不闻，晋宋已降，吴人采叶煮之，名茗粥。"按，"茗"字古为上声。

(8) 修绠：汲水用的长绳。《庄子·至乐》："绠短者不可以汲深。"成玄英疏："绠，汲索也。……短促之绳，不可以引深井。"唐韩愈《秋怀诗十一首》之五："归愚识夷途，汲古得修绠。"

处 州 闲 题

清酒一杯甜似蜜， 美人双鬟黑如鸦⁽¹⁾。
莫夸春色欺秋色， 未信桃花胜菊花⁽²⁾。

【总说】

本诗作于绍圣二年(1095)。秦瀛《淮海先生年谱》云："先生在处州，颇以游咏自适。"处州，今浙江丽水。

陶渊明诗云："春秋多佳日，登高赋新诗。"(《移居二首》之二)春秋季节不同，但均赏心悦目。相对而言，春色比秋色秾艳，桃花比菊花娇美，故后者引人喜欢。但秋色之清爽，菊花之高洁，比前者毫不逊色。"莫夸春色欺秋色，未信桃花胜菊花"，联系少游迁谪身世，显然是有寓意的。唐刘禹锡诗云："自古逢秋悲寂寥，我言秋日胜春朝。晴空一鹤排云上，便引诗情到碧霄。""山明水净夜来霜，数树深红出浅黄。试上高楼清入骨，岂如春色嗾人狂。"(《秋日二首》)刘禹锡以独特的审美眼力，写出秋天的美好，不似春色的"嗾人狂"，可与此参看。此诗虽为绝句，但均对仗，等于截取律诗颔、颈两联而成。唐杜甫《绝句四首》(之三)："两个黄鹂鸣翠柳，一行白鹭上青天。窗含西岭千秋雪，门泊东吴万里船。"少游同此句式。

【注释】

(1)"美人"句：《西洲曲》："单衫杏子红，双鬓鸦雏色。"鸦，乌鸦，因其羽毛乌黑，古人常以此之形容女子头发乌黑美丽。

(2)"莫夸"二句:唐杜甫《江畔独步寻花七绝句》之五:"桃花一簇开无主,可爱深红爱浅红。"此用其句式。又唐韩愈《游城南十六首·楸树二首》之二:"傍人不解寻根本,却道新花胜旧花。"唐李山甫《隋堤柳》诗:"但经春色还秋色,不觉杨家是李家。"

留别平阇黎

缘尽山城且不归,此生相见了无期[(1)]。
保持异日莲花上,重说如今结社时[(2)]。

【总说】

　　本诗绍圣三年(1096)作于处州青田。原诗跋云:"绍圣元年,少游自国史编修官蒙恩除馆阁校勘,通判杭州,道中被贬至处州,管库三年,以不称职罢官。将自青田归,因于山寺中修忏日,书绝句于住僧房壁。"阇(shé)黎,梵语"阿阇梨"的省称,义为高僧,亦泛指僧人。《梁书·侯景传》:"(僧通)初言隐伏,久乃方验,人并呼为阇梨,景甚信敬之。"

　　少游来处州管库有三年之久,大材小用,前途未卜。陈师道《离颍》诗云:"吾生能几日,此地费三年。"当留别平阇黎,少游当与陈师道同慨。"此生相见了无期",即"此生相见应无日"(陆游《得所亲广州书》诗)之意,人间离别之情,于此曲曲传出。

【注释】

　　(1)"此生"句:唐晁采《子夜歌十八首》之十一:"相思百余日,相见苦无期。"

　　(2)结社:指像东晋庐山东林寺名僧慧远结白莲社那样的高情。唐刘禹锡《广宣上人寄在蜀与韦令公唱和诗卷……》诗:"若许相期同结社,吾家本自有柴桑。"

题法海平阇黎

寒食山州百鸟喧,　春风花雨暗川原。
因循移病依香火⁽¹⁾,写得弥陀七万言⁽²⁾。

【总说】

　　本诗绍圣三年(1096)寒食节作于处州。少游被贬在处州,心情是极不平静的。在鸟语花香的寒食节里,少游能静下心来抄写一部部佛经,是何等的毅力。同时也说明管库的闲散,少游聊以排闷而已。

【注释】

　　(1)因循:疏慵,闲散。唐李商隐《有感》诗:"中路因循我所长,古来才命两相妨。"移病:官员上书称病,通常是求退的婉辞。《汉书·公孙弘传》:"使匈奴,还报不合意。上怒,以为不能,弘乃移病免归。"颜师古注:"移病,谓移书言病也。"

　　(2)弥陀:此指《阿弥陀经》(总计二千二百馀字),佛教净土宗的主要经典之一,与《无量寿经》、《观无量寿经》并称"净土三经"。此处当兼指其他佛经。七万言:此为笼统的说法,并非实际字数。

【辑评】

　　[现代]程千帆、吴新雷《两宋文学史》:在处州,他(秦观)写了很多诗词。为了消愁解闷,常到佛寺中去,与僧人谈禅,为寺僧抄写佛经,有题《题法海平阇黎》诗云(略)。这件事竟被政敌罗织成

"谒告写佛书"的罪名,将他削职,流徙到郴州。

[现代]叶嘉莹《灵谿词说·论秦观词》:又写有《题法海平阇黎》一首云(略)。则其在处州之常与僧人往来,且经常抄写佛经之情形可见一斑。本来一个人在遭受了重大的挫折打击之后,一般总要寻一个自我慰解之方,才可以勉强生活下去。秦观当日之欲以佛学自遣,这种用心,自可想见。而谁知那些承风希旨的小人,竟然就又以"谒告写佛书"构成了他的罪名,不仅把他贬谪到更远的郴州,而且还削去了他过去所有的官秩。这一次的贬削,无疑的曾对秦观造成了更深重的一次打击。因为前次的贬谪处州,是为了党籍及修神宗实录而迁贬,其获罪之名义乃全出于政党之争,这种迁贬,犹复可说。至于这一次贬削,却是为了"谒告写佛书"的罪名。所谓"谒告"者,本是宋代对于因事或因病"告假"的一个别称。一个人在因病请假的日子写写佛经,这有什么罪名可言,而竟被小人所罗织,落到迁贬削秩的下场,则秦观之内心于绝望悲苦之馀,必然更会结合不少屈抑之情,而其易感之心魂,乃益愈摧伤。

题郴阳道中一古寺壁二绝

其 一

门掩荒寒僧未归， 萧萧庭菊两三枝[1]。
行人到此无肠断[2]，问尔黄花知不知[3]？

其 二

哀歌巫女隔祠丛[4]，饥鼠相追坏壁中[5]。
北客念家浑不睡[6]，荒山一夜雨吹风。

【总说】

　　本诗作于绍圣三年(1096)。据秦瀛《淮海先生年谱》，是年"先是使者承望风指，候伺过失，卒无所得。至是遂以谒告写佛书为罪，削秩徙郴州。"少游行至郴阳道中作此诗。郴阳，今湖南郴州市。

　　第一首起二句写寺门深闭、僧人未归之荒寒景象，但有庭菊可赏，聊慰寂寞。接着写"行人"，无疑是作者自己。诗人久历宦海风波，屡遭打击，身心似乎变得麻木，到此蛮荒之地，已"无肠断"可言，其不言痛苦而痛苦更甚。诗人内心痛苦，明知花不可知，但还是问，不过借此转移痛苦而已。第二首写神祠内饥鼠出没，荒山中风雨吹打，引起诗人彻夜不眠，除了上述外因外，主要是内因，即无法排遣的思家之情。宋吴沆《环溪诗话》称"北客"二句："此直说客中而有思家之情,乃赋中之比兴也。"

【注释】

(1) 萧萧:稀疏貌。

(2) 无肠断:断肠是非常痛苦,无肠可断则更是痛苦到了极点。唐白居易《山游示小妓》诗:"莫唱杨柳枝,无肠与君断。"宋张耒《次韵张公远二首》之二:"无肠可断方为憾,有药能治不是愁。"

(3) "问尔"句:唐孟郊《看花》诗:"问花不解语,劝得酒无多。"唐刘禹锡《杨柳枝词》:"如今绾作同心结,将赠行人知不知?"此用其语。诗人无限痛苦,从"知不知"三字中传出。黄花,菊花。宋苏轼《南乡子·重九涵辉楼呈徐君猷》词:"万事到头都是梦,休休,明日黄花蝶也愁。"

(4) 祠丛:即丛祠,建在丛林中的神庙,因押韵而倒装。《史记·陈涉世家》:"又间令吴广之次所旁丛祠中,夜篝火,狐鸣呼曰:'大楚兴,陈胜王。'"

(5) "饥鼠"句:唐周贺《送僧归江南》诗:"饥鼠缘危壁,寒狸出坏坟。"按少游《如梦令》词云:"遥夜沉沉如水,风紧驿亭深闭。梦破鼠窥灯,霜送晓寒侵被。无寐,无寐,门外马嘶人起。"与本组绝句第二首情景相似。

(6) 浑:完全。

【辑评】

[现代]叶嘉莹《灵谿词说·论秦观词》:就在贬赴郴州的途中,他曾写了《题郴阳道中一古寺壁二绝》(略)。如果以这两首诗来与前一节所举引的《千秋岁》词相比较,我们就可以见到,它们虽同样是写被远贬的悲哀,但其悲感的层次,却已经有了很大的不同。《千秋岁》词中所写的"日边清梦断,镜里朱颜改",其所表现的

"心断望绝"之悲哀,原来还只不过是对于过去的壮志华年都已经一去不返的哀悼而已;可是这两首诗中所表现得悲哀,却是对于过去的"日边清梦"也已经无暇念及,而只是充满了一种对于内心和身外都充满了荒寒孤寂、年命不保的恐惧。

[现代]徐培均、罗立刚《秦观诗词文选评》:作者陷身党争之中,无端受祸,远谪于此,心情自然十分痛苦。所以走过郴阳道中时,见荒寒古寺,僧去门掩,只有三两野菊寂然开放,落寞残败之景,遂勾起无限感伤之情。"行人"二字,含义颇深:初看似是说自己乃经行古寺的人,实则暗指自己乃被远谪之士。"无肠断",将一般"断肠"之痛苦翻进一层加以表现,所谓出离痛苦,痛苦到麻木的程度,可见其心中痛苦之不堪。……最后一句以问菊作结,于痴语之中,暗含一段无奈心肠,于不觉之中,强化"肠断"之痛。短短四句,由景而情,由浅入深,由表入里,将置身蛮荒之地的"行人"内心痛苦,写得淋漓尽致。以坦荡之笔,写深挚之情,看似行云流水,毫无奇趣,实则愈转愈深,洗净铅华,笔法可谓老练。

元符年间

题浯溪中兴颂

玉环妖血无人扫(1)，　　渔阳马厌长安草(2)。
潼关战骨高于山(3)，　　万里君王蜀中老(4)。
金戈铁马从西来(5)，　　郭公凛凛英雄才(6)。
举旗为风偃为雨(7)，　　洒扫九庙无尘埃(8)。
元功高名谁与纪(9)，　　风雅不继骚人死(10)。
水部胸中星斗文(11)，　　太师笔下龙蛇字(12)。
天遣二子传将来，　　　高山十丈磨苍崖(13)。
谁持此碑入我室？　　　使我一见昏眸开。
百年兴废增感慨(14)，　　当时数子今安在？
君不见荒凉浯水弃不收(15)，时有游人打碑卖(16)。

【总说】

本诗元符元年（1098）作。是年春少游自郴州赴衡州，途经永州而作。此诗原收在张耒诗集中，此据徐培均先生《淮海集笺注》补遗卷一收入。经徐先生考定此诗作者非张耒，应为秦少游，详见本诗"辑评"。《舆地记胜》卷五六："《大唐中兴颂》在祁阳浯溪石崖上，元结文，颜真卿书，大历六年（771）刻，俗谓之'磨崖碑'。又按练潜夫熙宁年作《笑岘亭记》曰：'次山文章遒劲，鲁公笔画浑厚，皆有以动人耳目。故《中兴颂》宝之中州士大夫家，而浯溪之名因大著称。'"

唐肃宗讨伐安禄山叛乱，收复两京，迎玄宗还长安，如此"盛德大业"(元结《大唐中兴颂序》),加以歌颂,非元结"老于文学"者不足以当之。而书题摩崖之碑,加以发扬,亦非秦观、黄庭坚这样的大手笔不足以当之。此诗开头一方面写安史之乱对国家、对人民所带来的深重灾难,一方面写唐军平叛乱,安宗庙,乃顺应民心所向。接着以"星斗"、"龙蛇"称颂元结文和颜真卿书。百年兴废,身世浮沉,当诗人亲见此碑,不禁百感交集。《中兴颂》所承载的厚重历史,留下的绝妙翰墨,宜为后人不断模拓欣赏,以供借鉴。诗以打碑收尾,低回不尽。据徐培均先生《李清照集笺注》卷二云:"今考张文潜生平,未尝一至浯溪,俱见邵祖寿《张文潜先生年谱》。""时有游人打碑卖",为诗人目击者,亦可证诗为秦少游之作。

【注释】

(1)"玉环"句:谓面对安史之乱带来的灾难,杨贵妃之死没什么人多加注意。即唐杜甫《解闷十二首》之九"先帝贵妃今寂寞"句意。玉环,唐玄宗贵妃杨氏小字。妖血,妖异之血。妖,怪异不祥。唐陈鸿《长恨传》:"天宝末,兄国忠盗丞相位,愚弄国柄。及安禄山引兵向阙,以讨杨氏为辞。潼关不守,翠华南幸。出咸阳道,次马嵬亭,六军徘徊,持戟不进。……请以贵妃塞天下之怒。上知不免,而不忍见其死,反袂掩面,使牵而去之。苍皇展转,竟就绝于尺组之下。"唐杜甫《哀江头》诗:"明眸皓齿今何在,血污游魂归不得。"

(2)"渔阳"句:此句倒装,即"长安草厌渔阳马",因长安陷于叛军铁蹄之下,故云。渔阳,唐郡名,辖今天津蓟县等地。天宝十四载(755)冬,安禄山在此举兵叛唐,先后攻陷洛阳、长安。唐白居易《长恨歌》:"渔阳鼙鼓动地来,惊破霓裳羽衣曲。"

(3)"潼关"句:据《旧唐书》,哥舒翰以二十万兵坚守潼关,而杨国忠屡奏使出兵,翰不得已出关,终为安禄山所败,坠黄河死者数万人,所部十不存一二。潼关,关隘名,古称桃林塞,故址在今陕西潼关县东南,处陕、晋、豫三省要冲,素称险要。唐杜甫《北征》诗:"夜深经战场,寒月照白骨。潼关百万师,往者散何卒。"唐岑参《行军诗二首》之一:"昨闻咸阳败,杀戮净如扫。积尸若丘山,流血涨丰镐。"

(4)"万里"句:写唐玄宗因安史之乱出奔蜀中。王谠《唐语林》卷五:"明皇幸东都,秋宵,与一行师登天宫寺阁,临眺久之。上四顾,凄然叹息,谓一行曰:'吾甲子得终无患乎?'一行曰:'陛下行幸万里,圣祚无疆。'及西巡至成都,前望大桥,上乃举鞭问左右曰:'是何桥也?'节度使崔圆跃马进曰:'万里桥。'上叹曰:'一行之言,今果符合。吾无忧矣。'"

(5)金戈铁马:形容军旅兵马之威武雄壮。

(6)"郭公"句:赞颂平叛主帅之一郭之仪的英武。郭公,指郭子仪,华州郑县(今陕西华县)人,肃宗时领兵平定安史之乱,功绩卓著。官至中书令,封汾阳郡王。卒谥忠武。

(7)"举旗"句:谓军旗举起能兴风,放下似雨降,极言唐军之威猛。唐李观《泾州王将军文》:"张旗为风,伐鼓为雷。风雷之威,壮哉鼓旗。"唐元结《大唐中兴颂》:"独立一呼,千麾万旟,我卒前驱。"

(8)九庙:指帝王的宗庙。古时帝王立庙祭祀祖先,有太祖庙及三昭庙、三穆庙,共七庙。王莽增为祖庙五、亲庙四,共九庙,见《汉书·王莽传》。后历朝皆沿此制。唐元结《大唐中兴颂》:"事有至难,宗庙再安,二圣重欢。"

(9)元功:功臣。《汉书·景武昭宣元成功臣表序》:"辑而序之,续元功次云。"颜师古注:"元功,谓佐兴其帝业者也。"

(10)风雅:指《诗经》中的《国风》和《大雅》、《小雅》,亦用以指代《诗经》。骚人:诗人。因屈原作《离骚》而有此称。

(11) 水部：指元结，曾任水部员外郎。星斗文：喻文章灿烂。唐玄宗《答司马承祯上剑镜》诗："日月丽光景，星斗裁文章。"

(12) 太师：指颜真卿，字清臣，京兆万年（今陕西西安）人。开元进士。官至吏部尚书、太子太师，封鲁郡公。李希烈叛乱，被害。世称颜鲁公。工为文，尤精书法。龙蛇字：指草书笔势。唐李白《草书歌行》："怳怳如闻神鬼惊，时时只见龙蛇走。"

(13) "高山"句：唐元结《大唐中兴颂》："湘江东西，中直浯溪，石崖天齐。可磨可镌，刊此颂焉，于千万年。"

(14) "百年"句：宋苏轼《法惠寺横翠阁》诗："百年兴废更堪哀，悬知草莽化池台。"

(15) 浯（wú）水：浯溪。唐元结《浯溪铭序》："浯溪在湘水之南，北汇于湘，爱其胜异，遂家溪畔。溪世无名称也，为自爱之故，自名曰浯溪。"

(16) 打碑：拓碑。宋欧阳修《跋唐中兴颂碑》："右《大唐中兴颂》，元结撰，颜真卿书，书字尤奇伟，而文辞古雅，世多模以黄绢，为图障。碑在永州，磨崖石而刻之，模打既多，石亦残缺。今世人所传字画完好者，多是传模补足，非其真者。"

【辑评】

［宋］倪涛《六艺之一录》卷一百四引宋王象之《舆地碑目》：秦少游《中兴颂》碑。秦少游诗："玉环妖血无人扫，渔阳马厌长安草。潼关战骨高于山，万里君王蜀中老。"

［宋］胡仔《苕溪渔隐丛话》后集卷三十一：《复斋漫录》云：韩子苍言张文潜集中载《中兴颂》诗，疑秦少游作，不惟浯溪有少游字刻，兼详味诗意，亦似少游语也。此诗少游号杰出，第"玉环妖血无人扫"之句为病。盖李遐周诗云："若逢山下鬼，环上系罗衣。"贵妃之死，高力士以罗巾缢焉，非死兵刃也。然余以杜诗有"血污游魂

归不得"之语,亦指妃子,张盖本杜也。苕溪渔隐曰:余游浯溪,观《磨崖碑》之侧,有此诗刻石,前云:"读《中兴颂》,张耒文潜。"后云:"秦观少游书。"当以刻石为正,不知子苍亦何所据而言邪?

又《前集》卷四十七:苕溪渔隐曰:余顷岁往来湘中,屡游浯溪,徘徊《磨崖碑》下,读诸贤留题,惟鲁直、文潜二诗,杰句伟论,殆为绝唱,后来难复措词矣。

[宋]祝穆《古今事文类聚前集》卷五十二引《江邻几杂录》:秦少游初过浯溪题诗云:"玉环妖血无人扫。"以被责忧畏,又方持丧,手书此诗,借文潜之名,后人遂以为文潜,非也。

[宋]楼钥《攻媿集》卷七十跋《秦淮海帖》:山谷晚游浯溪,题诗《磨崖碑》后,见少游所书文潜诗,尝恨其已下世,不得妙墨刊石间。时少游醉卧古藤下未久也,而山谷老人已有此恨;矧今相去几百年,此帖洒然如新,得而读之,宁不感叹!

[宋]曾敏行《独醒杂志》卷五:秦少游所赋《浯溪中兴诗》,过崖下时盖未曾题石也。既行,次永州,因纵步入市中,见一士人家,门户稍修洁,遂直造焉。谓其主人曰:"我秦少游也,子以纸笔借我,当写诗以赠。"主人仓卒未能具。时廊庑间有一木机莹然,少游即笔书于其上。题曰"张耒文潜作",而以其名书之。宣和间,其木机尚存。今此诗亦勒崖下矣。

[宋]周紫芝《竹坡诗话》:张文潜《中兴碑》诗,可谓妙绝今古。然"潼关战骨高于山,万里君王蜀中老"之句,议者犹以肃宗即位灵武,明皇既而归之蜀,不可谓老于蜀也。虽明皇有"老于剑南"之语,当须说此意则可,若直谓"老于蜀"则不可。

[元]盛如梓《庶斋老学丛谈》卷中下:《题浯溪中兴颂》"玉环妖血无人扫",世以为张文潜作,实少游笔也。时被谪忧畏,又持丧,乃托名文潜以名书耳。

[明]胡应麟《诗薮》外编卷五:张文潜《摩崖碑》、《韩幹马》二

歌,皆奇俊合作,才不如苏,而格胜。

[现代]钱锺书《宋诗纪事补订》卷二十五:此秦少游诗,观《独醒杂志》及《庶斋老学丛谈》可知。

[现代]徐培均《淮海集笺注补遗》卷一:据元盛如梓《庶斋老学丛谈》云:"《题浯溪中兴颂》'玉环妖血无人扫',世以为张文潜作,实少游笔也。时被责忧畏,又持丧,乃托名文潜以名书耳。"王本、《四部》本案:"此诗载《宛丘集》,《渔隐丛话》据石刻为文潜作。《紫芝诗话》亦引文潜《中兴碑》'潼关战骨高于山'之句,皆庶斋所谓'世以为张文潜作'者也。国朝王士祯《浯溪考》载作张耒诗,更载秦观《漫郎》诗,虽不云为《中兴颂》而作,然'心知'以下四句,非《中兴颂》不足以当之。厉鹗《宋诗纪事》亦引作张耒诗,未加辩证。兹据《庶斋丛谈》补录。曾敏行《独醒杂志》亦云'少游赋《浯溪中兴颂》,题曰张耒文潜作,而以其名书之'则《庶斋》之说益为足据。"《舆地纪胜》亦以为秦观作。最足证明者为明刻《豫章黄先生集》别集卷十一《中兴颂诗引》并《行记》:"崇宁三年三月己卯,风雨中来泊浯溪,进士陶豫、李格,僧伯新、道遵,同至《中兴颂》崖下。明日,居士蒋大年、石君豫,太医成权及其侄逸,僧守能、志观、德清、义明、崇广俱来。又明日,萧褒及其弟襄来。三日徘徊崖次,请予赋诗。老矣,岂复能文,偶作数语。惜少游已下世,不得此妙墨劚之为崖石耳。"黄为秦同门,所云当可信。故清王敏之《小言集·枕善居杂说》据《庶斋老学丛谈》、《独醒杂志》及黄庭坚《中兴颂》并《记》下结论云:"则山谷已不知为文潜作,赖盛、曾二家为少游正之。"(按:徐培均《李清照集笺注》卷二对此诗亦有详细考证,并云:"数百年之谜,至此而廓清。诗乃少游作无疑矣。")

漫 郎 分韵得桃字

元公机鉴天所高，　　中兴诸彦非其曹⁽¹⁾。
自呼漫郎示真率，　　日与聱叟为嬉遨⁽²⁾。
是时胡星殒未久，　　关辅扰扰犹弓刀⁽³⁾。
百里不闻易五羖⁽⁴⁾，　三士空传杀二桃⁽⁵⁾。
心知不得载行事⁽⁶⁾，　俯首刻意追《风》《骚》⁽⁷⁾。
字偕华星章对月，　　漏泄元气烦挥毫⁽⁸⁾。
猗玗春深茂花竹⁽⁹⁾，　九疑日暮吟哀猱⁽¹⁰⁾。
红颜白骨付清醥⁽¹¹⁾，　一官于我真鸿毛⁽¹²⁾！
乃知达人妙如水⁽¹³⁾，　浊清显晦唯所遭⁽¹⁴⁾。
无时有禄亦可隐，　　何必巉岩远遁逃⁽¹⁵⁾？

【总说】

本诗作于元符元年（1098）。是年少游编管广西横州，路过浯溪而作。漫郎，即唐诗人元结，字次山，号聱叟、漫叟，为官后称漫郎，河南鲁山（今河南鲁山）人，天宝间进士。大历初为道州刺史，后官至容管经略使，政绩颇著。有《元次山集》，编有《箧中集》。

元结隐居于瀼滨、樊上，自号"漫郎"、"聱叟"，日与渔父嬉游为乐。但现实不容许他过着那么浪漫的生活，一旦国家遭难，他毅然出山，为国效力。开篇二句，诗人以高屋建瓴之笔，以"中兴诸彦"作比，突出了元结作为一个政治家的非凡魄力。同时作为一个正直耿介的地方官，也有"不得载行事"，诗人颇为感慨。"字偕"二句，借用杜甫诗句，高度赞颂元结那些忧国忧民的篇章。最后以

"何必龛岩远遁逃"作结,透露出诗人不作隐居之想,尚存用世之心。元结序沈千运诗有"独挺于流俗之中,强攘于己溺之后"之语,清刘熙载谓此"亦以自寓"(《艺概·诗概》),极是。少游此诗,同样也是自寓。

【注释】

(1)"元公"二句:谓元结的才识高人一等,非参与平叛的各位将帅所及。据《新唐书·元结传》载,安史之乱中,史思明围攻河阳,唐肃宗将幸河东,召元结诣京师。结乃上《时议》三篇,论天下大事,劝肃宗任贤士,斥小人,然后推行仁政。帝悦,曰:"卿能破朕忧。"帝将亲征史思明叛军,结建言:"贼锐不可与争,宜折以谋。"帝善之。结屯泌阳守险,全十五城。机鉴,机谋鉴识。诸彦,诸位俊彦,指参与平叛的诸将。唐杜甫《洗兵马》诗:"中兴诸将收山东,捷书日报清昼同。"按唐刘长卿《送元八(结)游汝南》诗云:"元生实奇迈,幸此论畴昔。刀笔素推高,锋芒久无敌。纵横济时意,跌宕过人迹。"可作此二句注脚。

(2)"自呼"二句:元结《自释》文云:"后家瀼滨,自称浪士。及有官,人以为浪者亦漫为官乎?呼为漫郎。既客樊上,漫遂显。樊左右皆渔者,少长相戏,更曰聱叟。彼诮以聱者,为其不相从听,不相钩加,带笭箵而尽船,独聱歑而挥车。……能带笭箵,全独而保生;能学聱歑,保宗而全家。聱也如此,漫乎非邪?"又《漫酬贾沔州》诗云:"自家樊水上,性情尤荒慢。云山与水木,似不憎吾漫。以兹忘时世,日益无畏惮。漫醉人不嗔,漫眠人不唤。漫游无远近,漫乐无早晏。漫中漫亦忘,名利谁能算。"又《酬裴云客》诗云:"耕钓以为事,来家樊水阴。甚醉或漫歌,甚闲亦漫吟。"一个"漫"字,流露出"真率"之情。聱(áo),不听从别人意见。

(3)"是时"二句:元结《自谢上表》文云:"今四方兵革未宁,赋敛未息。"胡星,指史思明。关辅,指关中及三辅地区。扰扰,纷乱貌。弓刀,代指战争。

(4)"百里"句:此以百里傒为秦缪公所赏识,寄寓作者的身世之慨。《史记·秦本纪》:"(缪公五年)既虏百里傒,以为秦缪公夫人媵于秦。百里傒亡秦走宛,楚鄙人执之。缪公闻百里傒贤,欲重赎之,恐楚人不与,乃使人谓楚曰:'吾媵臣百里傒在焉,请以五羖羊皮赎之。'楚人遂许与之。当是时,百里傒年已七十余。缪公释其囚,与语国事。……语三日,缪公大说(悦),授之国政,号曰五羖大夫。"羖(gǔ),黑色的公羊。

(5)"三士"句:据《晏子春秋·谏下》载:公孙接、田开疆、古冶子为齐景公所养勇士,齐相晏婴认为他们是"危国之器",于是设计除掉他们。他让景公送给三人两个桃子,论功而食桃。公孙接、田开疆二人先后自陈所立之功,各取一桃,及古冶子自述其功,二人自感论功不及古冶子,便退回桃子自杀。古冶子见二人皆死,以为独生不仁,亦自杀。后因以"二桃三士"指施展阴谋手腕杀人。三国蜀诸葛亮《梁甫吟》:"一朝被谗言,二桃杀三士。"

(6)"心知"句:《史记·太史公自序》:"我欲载之空言,不如见之于行事之深切著明者也。"行事,所行的事实。元结赴道州刺史上任不久,对皇帝派遣的使臣征敛"迫之如火煎"(《舂陵行》),表示不满。但是"若悉应其命,则州县破乱,刺史欲焉逃罪,若不应命,又即获罪戾,必不免也"(《舂陵行序》),处于两难境地。

(7)"俯首"句:风骚,指《诗经》中的《国风》、《楚辞》中屈原的《离骚》。

(8)"字偕"二句:语出唐杜甫《同元使君舂陵行》:"道州忧黎庶,词气浩纵横。两章对秋月,一字偕华星。"偕,共同。章,指元结的《舂陵行》、《贼退示官吏》。按唐李商隐《唐容管经略使元结文集后序》云:"次山之作,其绵远长大,以自然为祖,以元气为根,变化移易之,太虚无状,大实无色。"

(9)猗玗(yú):山洞名,在今湖北大冶境内。安禄山反,元结曾率族人避难于此,自号猗玗子。

(10)"九疑"句:元结《欸乃曲》之一云:"来谒大官兼问政,扁舟却入九疑山。"之二云:"千里枫林烟雨深,无朝无暮有猿吟。"此用其语。九疑,山名,在湖南宁远南,传为舜帝葬处。猱(náo):猿类动物。《诗经·小雅·角弓》:"毋教猱升木。"毛传:"猱,猿属。"

(11)清醥(piǎo):清酒。

(12)"一官"句:元结《石鱼湖上作》诗云:"金玉吾不须,轩冕吾不爱。"轩冕,高品级官员的车乘和衣冠,此代指官爵。此谓元结视官爵如鸿毛,即《论语·述而》"不义而富且贵,于我如浮云"之意。

(13)达人:旷逸豁达之人。汉贾谊《鵩鸟赋》:"达人大观兮,物无不可。"如水:语出《老子·第八章》:"上善若水,水善利万物而不争。"

(14)浊清:《楚辞·渔父》:"渔父莞尔而笑,鼓枻而去,乃歌曰:'沧浪之水清兮,可以濯吾缨。沧浪之水浊兮,可以濯吾足'。"显晦:指仕宦与隐逸。元结《窊尊诗》云:"爱之不觉醉,醉卧还自醒。醒醉在尊畔,始为吾性情。"又《退谷铭》云:"心进迹退,公惧漫叟。名显身晦,公恐漫叟。"此用其意。

(15)"无时"二句:针对元结《贼退示官吏》诗"思欲委符节,引竿自刺船。将家就鱼麦,归老江湖边"而言。嵼岩,通"嵼岩",高峻的山岩。《庄子·在宥》:"故贤者伏处大山嵼岩之下。"按少游《人才》文云:"死于大山嵼岩之下耳。"亦用《庄子》。晋王康琚《反招隐诗》:"小隐隐陵薮,大隐隐朝市。"二句上句谓大隐,即身居朝市而志在玄远;下句谓小隐,即隐居山林。

【辑评】

　　[宋]葛立方《韵语阳秋》卷六：杜子美褒称元结《舂陵行》兼《贼退后示官吏》二诗云："两章对秋水，一字偕华星。致君唐虞际，淳朴忆大庭。"又云："今盗贼未息，得结辈数十公，落落然参错为天下邦伯，天下少安可立待已。"盖非专称其文也。至于李义山，乃谓次山之作以自然为祖，以元气为根，无乃过乎？秦少游《漫郎》诗云："字偕华星章对月，漏泄元气烦挥毫。"盖用子美、义山语也。

　　[清]宋溶《浯溪新志》卷七：原刻在《中兴碑》左上，今已亡佚。据王士禛《浯溪考》注云："少游诗虽不云为《中兴颂》而作，然'心知'以下四句，非《中兴颂》不可以当之。"此言甚当。

　　[现代]徐培均《论秦观咏史诗》：开头二句即满怀热情地对元结的聪明机智、明哲旷达加以赞颂。接着又用形象的语言概括元结隐居漫滨与樊上的浪漫生涯。中间略略点出安史之乱结束不久的时局。接着就用古代以五羖之羊皮交换百里奚和二桃杀三士的典实，愤怒地谴责怀才不遇、壮志难酬的黑暗现实。"字偕华星章对月"，虽化用杜甫《同元使君舂陵行》"两章对秋月，一字偕华星"，但在这里却密合无间，犹如己出，加之"漏泄元气烦挥毫"一句，则对元结的文学成就进行高度的评价。"猗玕春深茂花竹，九疑日暮吟哀猱"，虽采自史实，然而对仗工稳，音节浏亮，情景双绘，醒人耳目。最后四句集中地抒发感慨，表现了蔑视名利、不计得失的旷达胸怀。读了此诗，只觉得一股豪气拂拂逼人。那种激情和理想色彩，颇似李白的《梁甫吟》和《扶风豪士歌》，似乎带有一种天马行空不可羁勒的气势。而"一官于我真鸿毛"，似可与李白《结袜子》诗中的"泰山一掷轻鸿毛"媲美。

宁浦书事六首

其 一

挥汗读书不已， 人皆怪我何求(1)。
我岂更求荣达(2)，日长聊以销忧(3)。

其 二

鱼稻有如淮右， 溪山宛类江南。
自是迁臣多病(4)，非干此地烟岚。

其 三

南土四时尽热， 愁人日夜俱长(5)。
安得此身作石， 一齐忘了家乡(6)。

其 四

洛邑太师奄谢， 龙川仆射云亡(7)。
他日岿然独在， 不知谁似灵光(8)？

其 五

身与杖藜为二(9)，对月和影成三(10)。

骨肉未知消息(11),人生到此何堪(12)。

其　六

寒暑更挨三十(13),同归灭尽无疑(14)。
纵复玉关生入(15),何殊死葬蛮夷(16)。

【总说】

本组诗作于元符元年(1098)。宁浦,今广西横县西南。

第一首写处此蛮夷之地,对名誉地位不复追求,汉末王粲以登楼解愁,而诗人则以读书销忧。第二首说自己多病,与岭南瘴气无关,实是愤慨语。第三首写柳宗元化身千亿而望故乡,少游说化身作石忘却家乡,语极沉痛。第四首在哀悼文、吕两位大臣去世的同时,对岿然灵光,寄予希望。第五首写诗人与杖藜、明月为伴,对亲人不能忘怀。第六首写三十年过后,皆同归于尽,少游不屈于当下,由此可见。这组诗正如宋人所评:"平易浑成,真老作也!"

【注释】

(1)"人皆"句:《诗经·王风·黍离》:"知我者谓我心忧,不知我者谓我何求。"

(2)荣达:位高显达。《亢仓子·贤道》:"穷厄则以命自宽,荣达则以道自正。"

(3)"日长"句:汉王粲《登楼赋》:"登兹楼以四望兮,聊暇日以销忧。"

(4)迁臣:遭贬斥流窜远地的官员。

(5)愁人:晋傅玄《杂诗》:"志士惜日短,愁人知夜长。"

(6)"安得"二句：唐柳宗元《与浩初上人同看山寄京华亲故》诗："若为化得身千亿，散上峰头望故乡。"此用其意。

(7)洛邑太师：指文彦博，字宽夫，介休(今属山西)人，天圣间进士。拜同平章事，封潞国公，以太师致仕，居洛阳。卒谥忠烈。奄谢：即谢世。龙川仆射(yè)：指吕大防，字微仲，蓝田(今属陕西)人，嘉祐间进士。拜中书侍郎，封汲郡公，进尚书右仆射兼门下侍郎，遭贬病卒。高宗时赠宣国公，谥正愍。云亡：死亡；云为虚字，无义。晋王俭《褚渊碑文》："子产云亡，宣尼泣其遗爱。"

(8)灵光：汉时宫殿名。汉王延寿《鲁灵光殿赋序》："鲁灵光殿者，盖景帝程姬之子恭王余之所立也。……遭汉中微，盗贼奔突，自西京未央、建章之殿，皆见隳坏，而灵光岿然独存。"

(9)杖藜：藜杖，协律而倒；藜杖，藜的老茎做成的手杖。唐周朴《董岭水》诗："中有高人在，沙中曳杖藜。"

(10)"对月"句：唐李白《月下独酌》："举杯邀明月，对影成三人。"

(11)"骨肉"句：唐杜甫《天边行》："九度附书向洛阳，十年骨肉无消息。"

(12)"人生"句：南朝梁江淹《恨赋》："试望平原，蔓草萦骨，拱木敛魂。人生到此，天道宁论。"北周庾信《枯树赋》："昔年种柳，依依汉南，今看摇落，憔悴江潭。树犹如此，人何以堪。"

(13)拚(pàn)："拌"的俗字，舍弃不顾，豁出去不顾。五代前蜀牛峤《菩萨蛮》词之七："须作一生拚，尽君今日欢。"

(14)同归灭尽：唐白居易《浩歌行》："贤愚贵贱同归尽，北邙冢墓高嵯峨。"

(15)玉关生入：《后汉书·班超传》载，班超戍守西域三十一年，年老思归，上汉和帝疏云："臣不敢望到酒泉郡，但愿生入玉门关。"

(16) 蛮夷：古代对四方边远地区少数民族的泛称，亦专指南方少数民族。《尚书·舜典》："柔远能迩，惇德允元，而难任人，蛮夷率服。"唐韩愈《潮州刺史谢上表》："单立一身，朝无亲党，居蛮夷之地，与魑魅为群。"

【辑评】

［宋］吴聿《观林诗话》：秦太虚用白乐天《木藤谣》："吾独一身，赖尔为二。"作六言曰："身与杖藜为二，对月和影成三。"真奇对也。

［宋］曾季貍《艇斋诗话》：秦少游在岭外贬所有诗云："挥汗读书不已，人皆笑我何求。我岂更求闻达，日长聊以消忧。"其语平易浑成，真老作也！

［宋］惠洪《冷斋夜话》：少游谪雷凄怆，有诗曰："南土四时都热，愁人日夜俱长。安得此身如石，一时忘了家乡。"鲁直谪宜，殊坦夷，作诗曰："老色日上面，欢情日去心。今既不如昔，后当不如今。""轻纱一幅巾，短簟六尺床。无客白日静，有风终夕凉。"（按：二首诗非黄庭坚所作，乃白居易作，见《苕溪渔隐丛话》）少游钟情，故其诗酸楚；鲁直学道休歇，故其诗闲暇。至于东坡《南中》诗曰："平生万事足，所欠唯一死。"有英特迈往之气，不受梦幻折困，可畏而仰哉！

［宋］刘受祖《海棠桥记》：子独不观《宁浦书事》之诗乎："挥汗读书不已，人皆怪我何求。我岂更求闻达，日长聊以消忧。"淮海何忧乎？《诗》云："知我者谓我心忧，不知我者谓我何求。"绍兴以来，群贤屏斥，奸夫窃柄，剥床而肤可虞，城圮而隍可复。淮海之忧，盖在是耳。在天下者，不忘其忧；在吾心者，不改其乐。淮海之志，唯志于忧国忧民。故淮海之气，不诎于流离迁谪。孟子曰："志壹则动气。"此淮海之所以超轶绝群者欤？

[宋]王应麟《困学纪闻》卷十八：朱新仲"无人马为二，对饮月成三"，本于秦少游"身与杖藜为二，影将明月成三"。清何焯笺："'马为二'、'月成三'作对，仍不类，唐人必无是也。秦句胜。"

　　[现代]徐培均《少游岂尽女郎诗》：《宁浦书事六首》，则又把诗人拖回严峻的现实生活中。尽管他因坐元祐党籍，万里投荒，但对元祐党人的存亡绝续仍然寄予深切的关心："洛邑太师（文彦博）奄谢，龙川仆射（吕大防）云亡。他日岿然独在，不知谁似灵光？"可见他是把自己未来的命运同幸存的旧党人物联系在一起的。由于对自己的前途尚未丧失最后的信心，因此在岭南仍坚持不懈的学习："挥汗读书不已，人皆怪我何求？我岂更求荣达，日长聊以销忧。"苏轼在长期贬逐中对南方人民产生了感情，说他"日啖荔支三百颗，不辞长作岭南人"（《食荔支》）。秦观到岭南不久，也爱上了这片土地，决心在岭南终老一生："寒暑更拼三十，同归灭尽无疑。纵复玉关生入，何殊死葬蛮夷！"（《宁浦书事六首》）语言未免激愤，感情却很沉挚。

　　最为严重高古的莫如《宁浦书事六首》，诗中全用六言句式，对仗工稳，音节顿挫，以淡语写深情，令人倍感凄楚。曾季狸《艇斋诗话》评曰："其语平易浑成，真老作也！"洵非虚语。少游若无远谪岭南的痛苦经历，当不会写出这样的作品。

反　　初

昔年淮海来，　　邂逅安期生[1]。
谓我有灵骨[2]，　　法当游太清[3]。
区中缘未断[4]，　　方外道难成[5]。
一落世间网[6]，　　五十换嘉平[7]。
夜参半不寝[8]，　　披衣涕纵横。
誓当反初服[9]，　　仍先谢诸彭[10]。
晞发阳之阿[11]，　　餔馂太和精[12]。
心将虚无合[13]，　　身与元气并[14]。
陟降三境中[15]，　　高真相送迎[16]。
琅函纪前绩[17]，　　金蒲锡嘉名[18]。
耿光动寥廓[19]，　　不借日月明。
故栖黄埃裏[20]，　　绝想空复情。

【总说】

本诗元符元年（1098）十二月作于雷州，是年少游正好五十岁。据《续资治通鉴长编》载，是年九月朝廷"追官勒停横州编管秦观特除名，永不收叙，移送雷州编管，以附会司马光等同恶相济也"。

孔子曰："五十而知天命。"（《论语·为政》）皇侃义疏："人年未五十，犹有横企无涯，及至五十始衰，则自审已分之可否也。故王弼云天命废兴有期，知道终不行也。"诗人误落尘网，倏忽五十，仕途理想，化为泡影，所谓"道终不行"，故中宵不寐，老泪纵横。游仙本非诗人初衷，由于政治原因，导致诗人"誓当反初服"，以摆脱现实之羁绊,向往山林之生活。

【注释】

(1) 邂逅(xiè hòu):不期而遇。《诗经·郑风·野有蔓草》:"有美一人,清扬婉兮。邂逅相遇,适我愿兮。"安期生:古仙人,秦汉间齐人,一说琅琊阜乡人。事见刘向《列仙传》。《史记·封禅书》:"少君言于上(汉武帝)曰:……臣尝游海上,见安期生,食巨枣大如瓜。安期生仙者,通蓬莱中,合则见人,不合则隐。"

(2) 灵骨:谓仙人的躯体,此指悟道的先天素质。宋张商英《护法论》:"在僧俗中亦必宿有灵骨,负逸群超世之量者方能透彻。"

(3) 太清:道家三清(玉清、太清、上清)之一,亦称三境,此泛指仙境。晋葛洪《抱朴子·杂应》:"上升四十里,名为太清,太清之中,其气甚刚,能胜人也。"

(4) 区中缘:尘缘。区中,人间,凡尘间。南朝宋谢灵运《登江中孤屿》诗:"想像昆山姿,缅邈区中缘。"

(5) 方外:世俗之外,指仙境或僧道的生活环境。《楚辞·远游》:"览方外之荒忽兮,沛罔象而自浮。"

(6) "一落"句:晋陶渊明《归田园居》诗之一:"误落尘网中,一去三十年。"

(7) "五十"句:谓此生已过五十春秋。嘉平,腊月的别称,此代指年岁。

(8) 夜参半:夜半。汉王粲《登楼赋》"夜参半而不寐兮,怅盘桓以反侧。"李善注引《方言》:"参,分也。"吕延济注:"参,及也。……谓夜及半不寐,情思不安也。"又少游《闲轩记》:"夜参半兮投袂起,探虎穴兮房其子。"

(9) 反初服:谓辞官归田。反,同"返"。初服,当初未进仕时的服饰,喻夙志、初衷。《楚辞·离骚》:"进不入以离尤兮,退将复修吾初服。"南朝齐刘绘《入琵琶峡望积布矶》诗:"誓将返初服,岁暮请为邻。"

(10) 诸彭:即彭尸,道家认为人体内有三种有害的尸虫,上尸彭倨,好宝物;中尸彭质,好五味;下尸彭娇,好色欲,合称"彭尸"。此代指物欲。

(11) "晞发"句:语本《楚辞·九歌·少司命》:"与女沐兮咸池,晞女发兮阳之阿。"王逸注:"阿,曲隅,日所行也。言己愿托司命,俱沐咸池,乾发阳阿。"晞(xī)发,晒干头发。

(12) 餔餟(bū chuò):亦作"餔歠",食与饮。《楚辞·渔父》:"众人皆醉,何不餔其糟而歠其醨?"太和:天地间冲和之气。《周易·乾》:"保合大和,乃利贞。"

(13) 虚无:道家谓"道"的本体为虚无,无形象可见,却又无所不在。《淮南子·俶真训》:"是故虚无者道之舍,平易者道之素。"

(14) 元气:泛指宇宙自然之气。《汉书·律历志上》:"太极元气,函三为一。"

(15) 陟(zhì)降:上升与下降。《诗经·大雅·文王》:"文王陟降,在帝左右。"三境:即三清。

(16) 高真:高妙的仙人。五代前蜀杜光庭《贾璋醮青城丈人真君词》:"高真之所栖息,上圣之所宴游。"

(17) 琅函:装帧华美的套书,此指道书。五代前蜀杜光庭《涬州谒二真人庙醮词》:"宝册真经,琅函玉篆。"

(18) 金蒲:酒名。《洞冥记》:"酌云蔬酒,蔬以玄草黑蕨金蒲甜蓼,果以青樱龙瓜白芋紫茎寒蕨地花气葛。"按,清李光地《岁杪咸友频集寓斋同限韵四首》之二:"酿识金蒲酒倍工。"自注:"乡同年陈宜亭,同安人,邑出金蒲名酒。"亦可证金蒲酒是名酒。按徐《笺》云:"金蒲,无可考,疑为金筒之误。"金筒,金质的简册,常指道教仙简。亦可备一说。锡嘉名：赐予好名字。《楚辞·离骚》："皇览揆余于初度兮,肇锡余以嘉名。"

（19）耿光：光明。《尚书·立政》："以觐文王之耿光,以扬武王之大烈。"寥廓：空旷深远。《楚辞·远游》："下峥嵘而无地兮,上寥廓而无天。"

（20）黄埃：黄尘,喻俗世的气氛。唐李群玉《文殊院避暑》诗："赤日黄埃满世间,松声入耳即心闲。"

【辑评】

［现代］徐培均《岁寒居论丛·简论秦少游的道家思想》：根据《反初》一诗的自述,在他的思想深处,却主要是道家思想。这种道家思想是那样的纯粹,那样的有始有终,几乎贯穿他的一生。你看,他不是说,他自出生以来就曾遇见安期生对他说过：你有一付天生的灵骨,按理应当游于太清。而他的踏进仕途,原是一种误会；他的落入"世间网",乃是因为"区中缘未断"。这完全是道家的观念,因为在道家看来,人世间本是恶浊的尘网,唯有身入太清之境,才能脱离世俗的纷扰,求得恬淡寡欲,清虚宁静。先生在改字少游以前,曾字以太虚。陈师道在《秦少游字序》中说他之所以字以太虚,乃是有志于"回幽夏之故墟,吊唐晋之遗人",也就是说标志着他的爱国思想,其实就字面看,太虚者,宇宙混元一气也。"是以不过乎昆仑,不游乎太虚。"（《庄子·知北游》）它与少游诗中所说的"太清",意思非常相近。在他的自我感觉中,他常常云游太清："陟降三境中,高真相送迎。"非但晚年谪于岭南时如此,在以往的一些日子里也莫不如此。

雷阳书事三首

其　一

骆越风俗殊⁽¹⁾，　有疾皆勿药⁽²⁾。
束带趋祀房⁽⁴⁾，　用史巫纷若⁽⁴⁾。
弦歌荐茧栗⁽⁵⁾，　奴士洽觞酌。
呻吟殊未央，　更把鸡骨灼⁽⁶⁾。

其　二

一笛一腰鼓，　鸣声甚悲凉。
借问此何为？　居人朝送殡⁽⁷⁾。
出郭披莽苍⁽⁸⁾，　磨刀向猪羊⁽⁹⁾。
何须作佳事，　鬼去百无殃。

其　三

旧传日南郡⁽¹⁰⁾，　野女出成群。
此去尚应远，　东门已如云⁽¹¹⁾。
蛋氓托丝布⁽¹²⁾，　相就通殷勤⁽¹³⁾。
可怜秋胡子⁽¹⁴⁾，　不遇卓文君⁽¹⁵⁾。

【总说】

本组诗元符二年(1099)作于雷州。第一首、第三首误入《东坡续集》卷一《雷州八首》内,据清查慎行《苏诗补注》考证,实为少游之作。雷阳,即雷州,宋时属广南西路,治所在海康。

第一首写骆越地方风俗,信巫,有病不服药,病痛时用鸡骨占卜。第二首写吹笛击鼓去送葬,杀牛宰羊来驱鬼。第三首写东门女子如云,蚩氓者抱布贸丝,寻不到心上的人。这组诗朴实无华,反映了岭南风土人情。

【注释】

(1)骆越:古种族名,居于今云南、贵州、广西之间。《汉书·贾捐之传》:"骆越之人父子同川而浴。"

(2)"有疾"句:《周易·无妄》:"无妄之疾,勿药有喜。"孔颖达疏:"疾当自损,勿须药疗而有喜也。"《太平寰宇记》卷一六九《岭南道十三·琼州》:"有夷人无城廓,殊异居……病无药饵,但烹羊犬祀神而已。"

(3)祀房:祭祀的房室。

(4)"用史"句:语见《周易·巽》:"巽在床下,用史巫纷若,吉无咎。"孔颖达疏:"纷若者,盛多之貌。"

(5)弦歌:谓礼乐教化。《敬斋古今黈》:"古《诗》三百五篇,皆可声之琴瑟。咏其辞,而以琴瑟和之,所谓弦歌也。"荐茧栗:谓献上祭品。茧栗,小牛角初生时状如茧和栗子。《孔子家语·郊问》:"孔子曰:上帝之牛角茧栗,必在涤三月。"焦赣《易林·乾之旅》:"茧栗牺牲,敬享鬼神,神嗜饮食,受福多孙。"

(6)鸡骨灼:古代以鸡骨占吉凶祸福。《史记·孝武本纪》:"乃令越巫立越祝祠,安台无坛,亦祠天神上帝百鬼,而以鸡卜。上信之,越祠鸡卜始用焉。"张守节正义:"鸡卜法,用鸡一,狗一,生,祝愿讫,即杀鸡狗煮熟,又祭,独取鸡两眼,骨上自有孔裂,似人物形则吉,不足则凶。今岭南犹此法也。"

(7) 送殇:指为未成年而死或非正常死亡的人送葬。

(8) 莽苍:形容景色迷茫。《庄子·逍遥游》:"适莽苍者,三湌而返,腹犹果然。"成玄英疏:"莽苍,郊野之色,遥望之不甚分明也。"

(9) "磨刀"句:古乐府《木兰诗》:"磨刀霍霍向猪羊。"

(10) 日南郡:《后汉书·郡国志》"日南郡"注:"秦象郡,武帝更名,属交州刺史所部。"治所在西卷(今越南境内),此指今广东一带。

(11) "东门"句:《诗经·郑风·出其东门》:"出其东门,有女如云。"

(12) 蚩氓(méng):敦厚愚昧的人。氓,民。《诗经·卫风·氓》:"氓之蚩蚩,抱布贸丝。"

(13) 殷勤:诚挚的情意。汉繁钦《定情诗》:"何以致殷勤,约指一双银。"

(14) 秋胡子:秋胡子,鲁人,婚后五日游宦于陈,五年乃归。未至家,见路旁妇人采桑,秋胡子悦之,赠金而妇不纳。及还家,奉金遗母,使人唤妇至,即采桑者。秋胡子惭。妇斥其悦路旁妇人,忘母不孝,好色淫泆,遂投河而死。事见汉刘向《列女传·鲁秋洁妇》。

(15) 卓文君:汉临邛大富商卓王孙女,好音律,寡居在家。司马相如过饮卓氏,以琴心挑之,文君夜奔相如,同归成都。因家贫又返临邛,与相如卖酒,文君当垆。卓王孙深以为耻,不得已分财与之,使回成都。事见《史记·司马相如列传》。

【辑评】

[现代] 台静农《中国文学史》:秦观诗清丽高古,实兼而有之。

观生于王安石、苏轼、黄庭坚诸大诗人之间,要有所树立,不能追随任何一家,于是另辟途径,自成风格。秦观诗虽深刻不如王,豪放不如苏,生新不如黄,然独有的清丽,足与诸大家抗衡。至于晚年坐党籍,编管在今雷州半岛时诸作,确如吕居仁所言"严重高古",如《雷阳书事》、《海康书事》诸作,皆朴质简古,足见风骨,已非单以清丽取胜。

[现代]徐培均《少游岂尽女郎诗》:在《雷阳书事三首》、《海康书事十首》中,他便以蘸满热情的笔触描绘了一幅幅岭南人民的风俗画,使我们看到了岭南美丽的风光,淳朴的民风,丰富的物产。诗人用形象化的手法,再现了岭南地区的历史,客观上也就自然增进了读者对祖国山河的热爱。

海康书事十首(其一、其三、其五)

其 一

白发坐钩党⁽¹⁾，南迁海濒州。
灌园以餬口⁽²⁾，身自杂苍头⁽³⁾。
篱落秋暑中，碧花蔓牵牛⁽⁴⁾。
谁知把锄人，旧日东陵侯⁽⁵⁾。

其 三

卜居近流水⁽⁶⁾，小巢依嵚岑⁽⁷⁾。
终日数椽间，但闻鸟遗音⁽⁸⁾。
炉香入幽梦，海月明孤斟⁽⁹⁾。
鹪鹩一枝足⁽¹⁰⁾，所恨非故林⁽¹¹⁾。

其 五

粤女市无常⁽¹²⁾，所至辄成区⁽¹³⁾。
一日三四迁⁽¹⁴⁾，处处售虾鱼⁽¹⁵⁾。
青裙脚不袜⁽¹⁶⁾，臭味猿与狙⁽¹⁷⁾。
孰云风土恶？白州生绿珠⁽¹⁸⁾。

【总说】

本组诗元符二年(1099)作于海康。其一至其六曾误入《东坡续集》卷一《雷州八首》内,据清查慎行《苏诗补正》考证,实为少游之作。

第一首写少游被诬谤为"钩党"之后,南迁到濒海之地。在灌园䭃口时,看到碧花被牵牛所蔓引,诗人感慨无比。以此隐喻钩党,既确切,又形象。

第二首前六句写谪所虽简陋,但环境颇幽,有山有水,有鸟有月,所谓"溪山宛类江南"(《宁浦书事》其二)。汉王粲《登楼赋》云:"虽信美而非吾土兮,曾何足以少留。"少游诗:"信美非吾土,顾瞻怀楚萍。"(《和王忠玉提刑》)又:"层巢俯云木,信美非吾土。"(《海康书事十首》之九)皆用其语。末二句"鹪鹩一枝足,所恨非故林",与此同意。他乡虽好,但毕竟不是故乡。少游桑梓之怀至老不衰。

第三首写粤女,以买卖虾鱼为生。纵然"青裙脚不袜",但不能掩其姿色之美。"白州生绿珠",可见美女无处不在,不一定出自苏杭。

第三首写贬谪之地与中原颇为不同的风土人情,见出粤东濒海市镇的特色,笔致亲切生动。最后"孰云"二句,在对当地风土的赞美中,也隐隐流露出遭贬后的惆怅。

【注释】

(1)钩党:谓相牵连的同党。《后汉书·灵帝纪》:"中常侍侯览讽有司奏前司空虞放、太仆杜密……皆为钩党,下狱,死者百馀人。"李贤注:"钩谓相牵引也。"《文选·范晔〈宦者传论〉》李周翰注:"钩党,谓钩取谏者同类,使转相诬谤而杀之也。"

(2)灌园:浇灌园圃。《史记·鲁仲连邹阳列传》:"于陵子仲辞三公为人灌园。"䭃口:以薄粥维持生计。《左传·昭公七年》:"饘于是,鼞于是,以餬余口。"杜预注:"于鼎中为饘鬻,饘鬻餬属,言至俭也。"

(3)苍头:指奴仆。《汉书·鲍宣传》:"使奴从宾客浆酒霍肉,苍头庐儿皆用致富。"颜师古注引孟康:"汉名奴为苍头,非纯黑,以别于良人也。"

(4)"碧花"句:此以牵牛花的藤蔓缠绕花木借指钩党。牵牛,牵牛花。

(5)东陵侯:即召平。《汉书·萧何传》:"召平者,故秦东陵侯。秦破,为布衣,贫,种瓜长安城东,瓜美,故世谓东陵瓜,从召平始也。"北周庾信《拟咏怀》诗之二十四:"昔日东陵侯,唯有瓜园在。"

(6)卜居:择地居住。唐杜甫《寄题江外草堂》诗:"嗜酒爱风竹,卜居必林泉。"

(7)小巢:喻居所简陋。嵚岑(qīn yín):山势高峻貌,代指高峻的山岭。《楚辞·招隐士》:"嵚岑碕礒兮,碅磳磈硊。"

(8)鸟遗音:鸟鸣留声。宋张方平《和叔平少师见示知足吟谈宗旨也》诗:"忽忽岁穷驹度隙,尘尘事过鸟遗音。"

(9)"海月"句:宋苏轼《次韵刘贡父所和韩康公忆持国二首》之二:"已托西风传绝唱,且邀明月伴孤斟。"

(10)鹪鹩(jiāo liáo)句:《庄子·逍遥游》:"鹪鹩巢於深林,不过一枝。"晋张华《鹪鹩赋序》:"鹪鹩,小鸟也,生于蒿莱之间,长于藩篱之下,翔集寻常之内,而生生之理足矣。"

(11)故林:本来栖息之所,此指故乡。南朝宋谢灵运《晚出西射堂》诗:"羁雌恋旧侣,迷鸟怀故林。"唐杜甫《江亭》诗:"故林归未得,排闷强裁诗。"

(12)粤女:粤地的女子。市:做生意。周去非《岭外代答·蛮俗门》:"余观深、广之女何其多盛也。……城郭墟市,负贩逐利,率妇人也。"

(13)区:市区,经商之地。

(14)"一日"句:此承上句而言,谓买卖无固定场所,经常迁移。汉刘桢《赠徐幹》诗:"起坐失次第,一日三四迁。"

(15)虾鱼:范成大《桂海虞衡志·虫鱼》:"虾鱼出灘水,肉白而丰,味似蝦而松美。"

(16)青裙:青布裙子,平民妇女的服饰。脚不袜:唐杜甫《北征》诗:"见耶背面啼,垢腻脚不袜。"

(17)"臭(xiù)味"句:言粤女身上带有猿猴似的气味。臭味,气味。宋梅尧臣《卖鹿角鱼》诗:"此人何苦厌猪羊,甘尔臭味不饱腹。"猿与狙(jū),猿与猴。

(18)白州:古州名,治今广西博白。绿珠:晋石崇歌妓,美而艳,善吹笛。孙秀使人求之,石崇不肯。后孙秀矫诏收石崇等人,甲士到门,绿珠跳楼自尽。见《晋书·石崇传》。刘恂《岭表录异》卷上:"白州有一派水,出自双水山。合容州江,呼为绿珠井,在双角山下。昔梁氏之女有容貌,石季伦为交趾采访使,以真珠三斛买之。梁氏之居,旧井存焉。"

【辑评】

[现代]程千帆、吴新雷《两宋文学史》:秦观被削职流徙,使他创作道路上的转折点。他被远投南荒,生活和心境发生了很大的变化,诗风也起了很大的变化。吕本中《童蒙诗训》说:"少游过岭后诗,严重高古,自成一家,与旧作不同。"如《雷阳书事》三首和《海康书事》十首,就是感时伤世的作品。《海康书事》第一首云(略)。感慨深沉,风格古朴,充满了郁愤不平之气,诗风与前期确实不同。

[现代]徐培均《淮海集笺注》:秦观后期作品由清新妩丽渐趋严重高古,这不仅和他的生活遭际密切相关,也是和诗人艺术经验的日益成熟分不开的。如《海康书事》十首中的第二首:"卜居近流

水,小巢依欹岑。终日数椽间,但闻鸟遗音。炉香入幽梦,海月明孤斟。鹪鹩一枝足,所恨非故林。"虽也写景,缺少雕绘;虽亦抒情,却少做作。在工整凝练的诗句中,反映了一个逐客的孤寂情怀。

［现代］台静农《中国文学史》:(见《雷阳书事三首》辑评)

陨 星 石

萧然古丘上⁽¹⁾，　有石传陨星。
胡为霄汉间⁽²⁾，　坠地成此精？
虽有坚白姿⁽³⁾，　块然谁汝灵⁽⁴⁾？
犬眠牛砺角，　　终日蒙膻腥⁽⁵⁾。
畴昔同列者⁽⁶⁾，　到今司赏刑⁽⁷⁾。
森然事芒角⁽⁸⁾，　次第罗空青⁽⁹⁾。
俛仰一气中，　　万化无常经⁽¹⁰⁾。
安知风云会⁽¹¹⁾，　不复归青冥⁽¹²⁾。

【总说】

　　本诗元符二年（1095）作于雷州。据《海康志》载："（宋）天圣元年（1023）秋杪，中夜，星陨于中，公（寇准）使人求之，得一石，众皆宝之。"诗人将陨星比作迁谪者，未陨之星比作在朝为官者。在天者地位显赫，在地者处境维艰，两者对比强烈。"坚白姿"，以石喻人之节操。"安知"二句，写诗人栖身蛮荒，于孤独无助之中，寄托重还朝廷之希望。

【注释】

　　（1）萧然：空寂，萧条。
　　（2）胡为：为什么。霄汉：天河，泛指天上。
　　（3）坚白：比喻志节坚贞。语出《论语·阳货》："不曰坚乎，磨而不磷；不曰白乎，涅而不缁。"孔安国注："言至坚者磨之而不薄，至白者染之于涅而不黑。喻君子虽在浊乱,浊乱不能污。"

(4) 块然:孤独貌。唐李德裕《题奇石》诗:"块然天地间,自是孤生者。"

(5)"犬眠"二句:此以陨石被犬牛侵扰,借喻自己被迫害。牛砺角,唐韩愈《石鼓歌》:"牧童敲火牛砺角,谁复著手为摩挲?"砺,磨。羶(shān)腥,食草动物及其肉类的气味。

(6) 畴昔:往昔。同列:同僚。《史记·屈原贾生列传》:"上官大夫与之同列,争宠而心害其能。"

(7) 司:执掌。赏刑:赏罚。《左传·僖公二十八年》:"《诗》云:'惠此中国,以绥四方。'不失赏刑之谓也。"此指排黜异党。

(8) 森然:众多貌。芒角:指星辰发出光芒。唐刘禹锡《捣衣曲》:"天狼正芒角,虎落定相攻。"

(9) 次第:依次。罗:分布。空青:指青色的天空。唐杜甫《不离西阁》诗之二:"江云飘素练,石壁断空青。"以上四句言同僚趋炎附势仍得为官。

(10)"俛(fǔ)仰"二句:言俯仰天地万物,没有不变的东西。常经,永恒的规律。俛,同"俯"。《汉书·谷永传》:"夫去恶夺弱,迁命贤圣,天地之常经,百王之所同也。"

(11) 风云会:指君臣际会,亦泛指际遇。汉王粲《杂诗》之四:"遭遇风云会,托身鸾凤间。"

(12) 归青冥:指陨星重回天上。青冥,青天。《楚辞·九章·悲回风》:"据青冥而摅虹兮,遂倏忽而扪天。"

【辑评】

[现代] 徐培均《淮海集笺注》:少游初贬雷州,故借陨石以抒愤慨。

自作挽词

昔鲍照、陶潜皆自作哀挽,其词哀。读予此章,乃知前作之未哀也。

婴衅徙穷荒[1], 茹哀与世辞[2]。
官来录我橐[3], 吏来验我尸。
藤束木皮棺[4], 藁葬路傍陂[5]。
家乡在万里, 妻子天一涯[6]。
孤魂不敢归[7], 惴惴犹在兹[8]。
昔忝柱下史[9], 通籍黄金闺[10]。
奇祸一朝作[11], 飘零至于斯。
弱孤未堪事[12], 返骨定何时?
修途缭山海[13], 岂免从阇维[14]?
荼毒复荼毒[15], 彼苍那得知[16]。
岁晚瘴江急[17], 鸟兽鸣声悲。
空濛寒雨零, 惨淡阴风吹。
殡宫生苍藓[18], 纸钱挂空枝。
无人设薄奠[19], 谁与饭黄缁[20]?
亦无挽歌者, 空有挽歌辞。

【总说】

本诗元符三年(1096)作于雷州。秦瀛《淮海先生年谱》:"先生于是岁之春作《挽词》。……至六月二十五日,苏公与先生相会于海康。先生因出《自作挽词》呈公,公抚其肩曰:'某尝忧逝,未尽此理,今复何言!某亦尝自为《志墓文》奉附从者,不使过子知也。'遂相与啸咏而别。"

遭遇了"奇祸"之后,迁谪到"穷荒"之间,少游仿佛悟彻生死二字,变得豁达起来,正如苏轼所云"齐死生,了物我"。对于接踵而来的政治迫害,诗人愤愤不平却又无奈,"荼毒复荼毒,彼苍那得知",虽隔千年,犹能听到他对着苍天所发出的沉痛呼声。"家乡在万里,妻子天一涯。""弱孤未堪事,返骨定何时?"又能感受到他对妻子儿女的无限眷念之情。诗中写身后草草藁葬、无人祭奠,以及鸟兽悲鸣、阴风惨淡等凄凉情景,不堪卒读。

【注释】

(1)婴衅:获罪。婴,遭受。衅,罪过。唐韩愈《潮州刺史谢上表》:"而臣负罪婴衅,自拘海岛,戚戚嗟嗟,日与死迫。"穷荒:边荒之地。唐杜甫《送高三十五书记》诗:"请公问主将,焉用穷荒为。"

(2)茹哀:含哀。茹,吃,引申为承受。

(3)橐(tuó):装东西的袋子。《诗经·大雅·公刘》:"迺裹糇粮,于橐于囊。"

(4)"藤束"句:唐韩愈《去岁自刑部侍郎以罪贬潮州刺史乘驿赴任其后家亦谴逐小女道死……》诗:"数条藤束木皮棺,草殡荒山白骨寒。"

(5)藁(gǎo)葬:草草埋葬。《北齐书·颜之推传》:"载下车以黜丧,捋桐棺之藁葬。"陂(bēi):山坡。《古诗十九首》之八:"千里远结婚,悠悠隔山陂。"李善注:"《说文》曰:陂,阪也。"

(6)"家乡"二句:《古诗十九首》之一:"相去万余里,各在天一涯。"天一涯,天一方。

(7)孤魂:孤独无依的魂灵。汉张衡《思玄赋》:"犹火正之无怀兮,托山阪以孤魂。"

(8) 惴惴(zhuì)：恐惧貌。《诗经·小雅·小宛》："惴惴小心，如临于谷。"

(9) 忝(tiǎn)：谦词，表示受之有愧。柱下史：官名，周秦置柱下史，后因以为御史的代称。《史记·张丞相列传》："而张苍乃自秦时为柱下史，明习天下图书计籍。"司马贞索隐："周秦皆有柱下史，谓御史也。所掌及侍立恒在殿柱之下。"

(10) 通籍：谓记名于门籍，可以进出宫门。《汉书·元帝纪》："令从官给事宫司马中者，得为大父母父母兄弟通籍。"颜师古注引应劭："籍者，为二尺竹牒，记其年纪名字物色，县(悬)之宫门，案省相应，乃得入也。"

(11) 作：起。

(12) 弱孤：力弱势孤，指在家乡的儿辈。

(13) 修途：长途。晋张华《情诗》之四："悬邈极修途，山川阻且深。"缭：绕。

(14) 阇(shé)维：梵语，火化，火葬。晋法显《佛国记》："火然之时，人人敬心，各脱上服及羽仪伞盖，遥掷火中，以助阇维。"

(15) 荼(tú)毒：毒害，残害。《尚书·汤诰》："尔万方百姓，罹其凶害，弗忍荼毒。"

(16) 彼苍：指天。《诗经·秦风·黄鸟》："彼苍者天，歼我良人。"唐孟郊《赠别崔纯亮》诗："彼苍若有知，白日下清霜。"

(17) 瘴江：南方有瘴气的江川。唐张说《南中送使》诗之二："山临鬼门路，城绕瘴江流。"

(18) 殡宫：停放灵柩之所。《仪礼·既夕礼》："遂适殡宫，皆如启位。"

(19) 薄奠：微薄的祭奠。

(20) 黄缁(zī)：指道士和僧人。道士戴黄冠，僧人穿缁衣，故称。缁，黑色。唐郑嵎《津阳门诗》："会昌御宇斥内典，去留二教分黄缗。"

【辑评】

[宋]苏轼《书秦少游挽词后》：庚辰岁六月二十五日，予与少游相别于海康，意色自若，与平日不少异。但《自作挽词》一篇，人或怪之。予以谓少游齐死生，了物我，戏出此语，无足怪者。已而北归，至藤州，以八月十二日卒于光化亭上。呜呼！岂亦自知当然者耶？乃录其诗云。

[宋]黄庭坚《与王庠周彦书》：秦少游没于藤州，传得自作祭文并诗，可为賈涕。如此奇才，今世不复有矣！

[宋]张耒《跋吕居仁所藏秦少游投卷》：少游平生为文不多，而一二精好可传。在岭外亦时为文。临殁自为《挽诗》一章，殊可悲也！

[宋]何薳《春渚纪闻》卷六：（东坡）先生自惠移儋耳，秦七丈少游亦自郴阳移海康，渡海相遇。二公共语，恐下石者更启后命。少游因出《自作挽词》呈公。公抚其背曰："某尝忧少游未尽此理，今复何言？某亦尝自为《志墓文》，封付从者，不使过子知也。"遂相与啸咏而别。初少游谒公彭门，和诗有"更约后期游汗漫"，盖讖于此云。

[明]郎瑛《七修类稿》卷十七：夫至死之际，而犹能自作挽词，亦伟矣。若渊明之歌词三章，了达此理，不待言也。秦少游虽多哀怨怆楚之情，然其实践，不得不然，故东坡亦谓其能齐生死，了物我耳。《渔隐丛话》以坡言为过，惟渊明可当。殊不思陶在放达之时，秦当逐迫之日，言安能不尔耶。予故尝以吴潜谪循州，临终自挽之词，哀尤过秦，亦可谓达；但视其能措施辞说理否耳，能则过人远矣。使秦、吴当官之日，亦能如陶辞爵隐去，则临终之辞，亦必有可观者。

［现代］钱锺书《管锥编》：秦观《淮海集》卷五《自作挽词》设想己死于贬所、身后凄凉寂寞之况，情词惨戚。秦瀛撰《淮海年谱》元符三年："先生在雷州，自作《挽词》，自《序》曰：'昔鲍照、陶潜皆自作哀词，读余此章，乃知前作之未哀也。'"信然。而集中无此自《序》。

［现代］徐培均《少游岂尽女郎诗》：挽词确是血泪凝成："婴衅徙穷荒，茹哀与世辞。官来录我橐，吏来验我尸。藤束木皮棺，藁葬路傍陂。家乡在万里，妻子天一涯。孤魂不敢归，惴惴犹在兹。……"一个才华横溢的诗人，五十刚过，就自作挽词，实在是借此向黑暗社会发出的控诉与反抗。诗人那"荼毒复荼毒，彼苍那得知"的怆楚哀怨，"奇祸一朝作，飘零至于斯"的愤懑不平，使铁石心肠也为之动容心碎。正如《宋史·文苑传》所评："先自作挽词，其语哀甚，读者悲伤之。"

［现代］程千帆、吴新雷《两宋文学史》：元符三年，他五十二岁，自作《挽词》说："婴衅徙穷荒，茹哀与世辞。官来录我橐，吏来验我尸。""家乡在万里，妻子天一涯。孤魂不敢归，惴惴犹在兹。"辞情激愤，是对官场黑暗的沉痛控诉。

［现代］叶嘉莹《灵谿词说·论秦观词》：他在雷州曾写了一篇《自作挽词》，其中曾有"家乡在万里，妻子天一涯"及"奇祸一朝作，飘零至于斯。弱孤未堪事，返骨定何时"之语。可知秦观在迁贬以来，并无家人之伴随，其冤谪飘零之苦，思乡怀旧之悲，一直是非常深重的。

未编年

司马迁 分韵得壑字

子长少不羁⁽¹⁾，　发轫遍丘壑⁽²⁾。
晚遭李陵祸⁽³⁾，　愤悱思远托⁽⁴⁾。
高辞振幽光⁽⁵⁾，　直笔诛隐恶⁽⁶⁾。
驰骋数千载，　　贯穿百家作⁽⁷⁾。
至今青简上⁽⁸⁾，　文彩炳金臑⁽⁹⁾。
高才忽小疵，　　难用常情度⁽¹⁰⁾。
譬彼海运鹏⁽¹¹⁾，　岂复顾缯缴⁽¹²⁾？
区区班叔皮⁽¹³⁾，　未易议疏略⁽¹⁴⁾。

【总说】

　　司马迁，字子长，夏阳(今陕西韩城南)人，司马谈之子。西汉伟大的史学家。早年曾漫游各地，遍访风俗，采集传说。初任郎中，后继父任太史令。天汉年间，因替李陵申辩下狱，被处腐刑。出狱后任中书令，发愤完成《史记》。少游此作为咏史诗，以"不羁"二字发端，统摄全篇。司马迁因不羁而遭李陵之祸，也因不羁而遭人非议，更因不羁而直笔写成不朽的《史记》。全诗虽仅十六句，但将司马迁不受羁绊的处世态度及其旷世才华高度概括出来，于惋叹中深致同情，于称褒中不胜仰慕。

【注释】

　　(1)"子长"句：《汉书》载司马迁《报任少卿书》："仆少负不羁

之才,长无乡曲之誉。"颜师古注:"不羁,言其材质高远,不可羁系也。"

(2)"发轫(rèn)"句:《汉书·司马迁传》:"二十而南游江淮,上会稽,探禹穴,窥九疑,浮沅湘,北涉汶泗,讲业齐鲁之都,观夫子遗风……过梁楚以归。"发轫,发车。轫,止车之木,抽其木则车行。《楚辞·离骚》:"朝发轫于苍梧兮,夕余至乎玄圃。"

(3)"晚遭"句:《汉书·司马迁传》:"十年而遭李陵之祸,幽于累绁。"李陵,汉陇西成纪人,名将李广之孙。武帝时任骑都尉。天汉二年(前99),李陵孤军与匈奴作战,兵败投降。司马迁为其申辩获罪下狱,受腐刑。见《汉书·李陵传》。

(4)"愤悱"句:司马迁《报任少卿书》:"古者富贵而名摩灭,不可胜记,唯倜傥非常之人称焉。盖西伯拘而演《周易》;仲尼厄而作《春秋》;屈原放逐,乃赋《离骚》;左丘失明,厥有《国语》;孙子膑脚,《兵法》修列;不韦迁蜀,世传《吕览》;韩非囚秦,《说难》、《孤愤》;《诗》三百篇,大底圣贤发愤之所为作也。此人皆意有所郁结,不得通其道,故述往事,思来者。乃如左丘明无目、孙子断足,终不可用,退而论书策以舒其愤,思垂空文以自见。仆窃不逊,近自托于无能之辞。网罗天下放失旧闻,略考其行事,综其终始,稽其成败兴坏之纪。"晋何劭《游仙》诗:"吉士怀贞心,悟物思远托。"

(5)幽光:潜隐的光辉。唐柳宗元《与邕州李域中丞论陆卓启》:"振宣幽光,激励颓俗。"

(6)"直笔"句:《汉书·司马迁传赞》:"然自刘向、扬雄博极群书,皆称迁有良史之材,服其善序事理,辩而不华,质而不俚,其文直,其事核,不虚美,不隐恶,故谓之实录。"直笔,指史官据事直书,无所避忌。诛,斥责。

(7)"驰骋"二句:《汉书·司马迁传赞》:"亦其所涉猎者广博,贯穿经传,驰骋古今上下数千载间。"《史记索隐序》:"又其属稿先据《左氏》、《国语》、《系本》、《战国策》、《楚汉春秋》及诸子百家之书,而后贯穿经传,驰骋古今。"

(8)青简:竹简,借指史书。

(9)炳:光耀。金朥(wò):谓镂金涂青,引申为雕饰。南朝梁江淹《杂体三十首·曹子建赠友》:"眷我二三子,辞义丽金朥。"吕向注:"金朥,凋饰也。言此子皆以辞义自相凋饰而为美丽也。"

(10)"高才"二句:谓高才忽略小疵,难以用常情来揣度。小疵,小过失。《周易·系辞上》:"悔吝者,言乎其小疵也。"

(11)海运鹏:《庄子·逍遥游》:"北冥有鱼,其名为鲲。鲲之大,不知其几千里也,化而为鸟,其名为鹏。鹏之背,不知其几千里也,怒而飞,其翼若垂天之云。是鸟也,海运则将徙于南冥。"

(12)缯缴(zēng zhuó):同"矰缴",系有丝绳远射飞鸟的短箭。《史记·留侯世家》:"鸿鹄高飞,一举千里。……虽有缯缴,尚安所施。"

(13)区区:拘泥,局限。葛洪《抱朴子·百家》:"狭见之徒,区区执一。"班叔皮:即班彪,字叔皮,扶风安陵(今陕西咸阳东北)人。东汉初举茂才,任徐县令,因病免官。学博才高,专力写成西汉史《后传》六十馀篇,后由其子班固、女班昭续成《汉书》。此处"班彪",少游《司马迁论》中改为"班固"。

(14)"未易"句:不同意班彪(班固)对司马迁的评论。《汉书·司马迁传赞》:"至于采摭经传,分散百家之事,甚多疏略。"

【辑评】

[现代]徐培均《论秦观咏史诗》:(少游)有《司马迁论》一文,对司马迁一生行义推崇备至,对班固《汉书·司马迁传赞》详加辩驳。与此诗相比,细节虽有小异,而所持论点,则始终如一。……诗文对照,就更有力地证明,少游乃是"以议论为诗",在论文中他

用散文的形式申述观点,而在诗中则用整齐的诗句进行论述。因此不妨说,他的咏史诗带有史论的性质,因而同他的抒情诗表现出截然不同的风格。

怀孙子实

举眼趋浮末(1)， 斯人独好修(2)。
青春三不惑(3)， 黄卷百无忧(4)。
玉出方流润(5)， 鸾停翠竹幽(6)。
相思自成韵(7)， 不必寄西邮。

【总说】
　　此诗作于熙宁、元丰年间，具体何年不详。孙子实，名端，高邮人，孙觉(莘老)之子。当满目皆是弃本趋末之徒时，孙端却好学修德，真是难能可贵，故诗人特别加以赞美。中间四句，是"好修"的具体表现。"三不惑"、"百无忧"，是体现他的人格美；"玉出"、"鸾停"，是展示他的诗文美。陈师道有诗称孙子实云："吾友孙子实，爱学吾所畏。持身如处子，得句有馀味。交欢艰难际，凛然见名谊。"(《送李奉议亳州判官四首》之二)可与此诗参看。

【注释】
　　(1) 浮末：古代以农为本，以商为末，因商业追逐浮利，故称。王符《潜夫论·浮侈》："今察洛阳，浮末者什于农夫，虚伪游手者什于浮末。"
　　(2) 好修：好修正直。《楚辞·离骚》："民生各有所乐兮，余独好修以为常。"王逸注："言民生禀之命而生，各有所乐，或乐谄佞，或乐贪淫，我将好修正直以为常行也。"
　　(3) 三不惑：谓不为酒、色、财三者所惑。《后汉书·杨秉传》：

"秉性不饮酒,又早丧夫人,遂不复娶,所在以淳白称。尝从容言曰:'我有三不惑:酒,色,财也。'"

(4)黄卷:指书籍,古时用黄蘗汁染纸以防蠹,故名。唐陈子昂《薛大夫山亭宴序》:"闭门无事,对黄卷以终年。"

(5)"玉出"句:相传水流方折处有玉。南朝宋颜延之《赠王太常》诗:"玉水记方流,璇源载圆折。"李善注引《尸子》:"凡水,其方折者有玉,其圆折者有珠也。"

(6)"鸾停"句:典出《拾遗记·蓬莱山》:"王子年《拾遗记》云蓬莱山有浮筠之簳,叶青茎紫,子大如珠,有青鸾集其上。下砂砺,细如粉,柔风至,竹条翻起,拂细砂如云雾。仙者来观而戏焉,风吹竹叶,如钟磬之音。"

(7)成韵:犹成诗。宋夏竦《谢御制和诗表》:"妙神化以为言,协洞章而成韵。"

九月八日夜大风雨寄王定国

长年身外事都捐⁽¹⁾,节物惊心一怅然⁽²⁾。
正是山川秋入梦, 可堪风雨夜连天⁽³⁾。
桐梢摋摋增凄断⁽⁴⁾,灯烬飞飞落小圆⁽⁵⁾。
湔洗此情须痛饮⁽⁶⁾,明朝试就酒中仙⁽⁷⁾。

【总说】

重阳前夜,风雨大作,诗人写出"节物惊心"的种种感受。颔联状重阳景象,画面开阔。颈联写不眠情景,令人可见。诗中"身外事都捐"、"明朝试就酒中仙"即杜甫"莫思身外无穷事,且尽生前有限杯"(《绝句漫兴九首》之四)之意。全诗音节爽利,气体清隽,是其七言律诗中的佳作。

【注释】

(1)事都捐:晋孙绰《游天台山赋》:"于是游览既周,体静心闲。害马已去,世事都捐。"捐,抛弃。

(2)节物:各个季节的景物。晋陆机《拟明月何皎皎》诗:"踟蹰感节物,我行永已久。"惊心:内心感到震惊。唐高适《重阳》诗:"节物惊心两鬓华,东篱空绕未开花。"

(3)"可堪"句:宋徐铉《山路花》诗:"半隔烟岚遥隐隐,可堪风雨暮萧萧。"

(4)摋摋(shè):形容落叶声。晋卢谌《时兴》诗:"摋摋芳叶零,蕊蕊芬华落。"凄断:言极度凄凉或伤心。北周庾信《夜听捣衣》

诗:"风流响和韵,哀怨声凄断。"

(5) 灯烬:灯心燃烧后馀下的灰烬。唐元稹《空屋题》诗:"月明穿暗隙,灯烬落残灰。"

(6) 湔(jiān)洗:洗涤。

(7) 酒中仙:唐杜甫《饮中八仙歌》:"李白一斗诗百篇,长安市上酒家眠。天子呼来不上船,自称臣是酒中仙。"

【辑评】

[元]方回《瀛奎律髓》卷十二:少游诗文自谓秤停轻重,铢两不差。故其古诗多学三谢,而流丽之中有澹泊。律诗亦敲点匀净,无偏枯突兀生涩之态。然以其善作词也,多有句近乎词。此诗下"凄断"、"小圆"字,亦三谢馀味。

[清]纪昀《瀛奎律髓》评语:六句用字太纤,然通体却一气鼓荡。

图书在版编目（CIP）数据

秦少游诗精品/黄思维编注. —上海：华东师范大学出版社，2013.8
（秦少游诗词文精品）
ISBN 978-7-5675-1193-4

Ⅰ.①秦… Ⅱ.①黄… Ⅲ.①宋诗-诗集 Ⅳ.
①I222.744

中国版本图书馆CIP数据核字（2013）第211851号

秦少游诗词文精品
秦少游诗精品

编 注 者	黄思维
项目编辑	庞 坚
审读编辑	刘效礼
装帧设计	黄惠敏

出版发行	华东师范大学出版社
社 址	上海市中山北路3663号 邮编 200062
网 址	www.ecnupress.com.cn
电 话	021-60821666 行政传真 021-62572105
客服电话	021-62865537 门市（邮购）电话 021-62869887
地 址	上海市中山北路3663号华东师范大学校内先锋路口
网 店	http://hdsdcbs.tmall.com/
印 刷 者	上海华大印务有限公司
开 本	890×1240 32开
印 张	7.375
字 数	163千字
版 次	2013年10月第1版
印 次	2014年4月第2次
书 号	ISBN 978-7-5675-1193-4/I·1037
定 价	22.00元
出版人	朱杰人

（如发现本版图书有印订质量问题，请寄回本社客服中心调换或电话021-62865537联系）